读客® 这本史书真好看文库

轻松有趣，扎实有力

有图有真相！

20世纪中国史（1900-1910）

来自全球26家顶级博物馆的珍贵馆藏

一张张从未见过的历史老照片 一部从未读过的百年中国史

师永刚 何谦 东亚 编著

海峡出版发行集团 THE STRAITS PUBLISHING & DISTRIBUTING GROUP | 海峡书局

▶ 由慈禧的御用摄影师裕勋龄摄于1903年，裕勋龄是德龄公主的哥哥，现存慈禧照片全部由他拍摄。

大清國當今慈禧端佑康頤昭豫莊誠壽恭欽獻崇熙聖母皇太后
光緒癸卯年

▲ 一队日本兵和一队俄国兵，夹护着年届八旬的大清国全权代表李鸿章前往谈判现场。1900年，八国联军攻陷北京，慈禧太后和光绪皇帝仓皇出逃，年迈的李鸿章再次挑起尴尬重任：议和。自1875年以来，列强与中国签订的不平等条约，几乎尽系李鸿章代表谈判、签字。在这个尴尬的议和大臣手下，先后签署了《烟台条约》《中法新约》《马关条约》《中俄密约》等。

▲ 1890年，吸食鸦片的上海人。鸦片在明末即传入中国，但当时价格昂贵，尝试者极为有限。如《剑桥中国晚清史》中所述："19世纪初叶，吸食鸦片的不过是富家子弟。后来上到宫府缙绅，下至工商优隶以及妇女僧尼道士，都在吸食。1838年，御史官员奏报皇帝，在广东、福建，十人九瘾，清朝帝国其他地区很快也吸食成风。著名学者包世臣估计，1820年时，以苏州一城而论，吸食鸦片者不下十数万人。每人每日至少需银一钱，则苏州城每日费银万两。"

▲ 1900年，鼓楼上眺望北京景色的两个人。这幅由一位美国摄影师拍摄的北京城，暮色苍茫。帝国正在巨变的初期。蜿蜒的京都土道与散落的四合院民居，在这两个劳工的注视下，显出别样的凄美。

▲ 100年前的色拉油广告，也成为了洋人明信片上重要的风景。画面上的这个上海人，健康、逗趣，夸张地做出手中这碗米饭很香的样子。他在为一个叫“顶好”的色拉油品牌做广告。

在明信片的左上角是一位姓高的经理敬告要记住这个牌子的祝词。在当时的上海，洋风渐进，洋人的营销手法也被引进。而这个华人为主角的色拉油广告，也被好奇的洋人制作成明信片，寄给了自己的朋友。并且在右上角写上了“中国人吃饭”几个大字，可能洋人以为清国人吃饭也是一件神秘的事吧。

▲ 这些小孩们整天在野地里捡果子到市场上去卖，身体被背上的重量压弯了。在20世纪初的中国，农村孩子通常和家人们一起参与日常的劳动。因为入不敷出，很多家庭都会依靠童工，特别是男孩子来生产更多农作物。

▲ 清代的后宫，上至皇后，下到宫女，都是从旗人女子中挑选出来的。选八旗秀女从清顺治年间始，共有千名左右秀女被选入宫。1906年3月27日，清廷决议罢选八旗秀女。此沿袭经年的传统在这一天被宣布去除。照片上的秀女们正在接受戒烟规训。这些秀女们因经年抽吸大烟，身体已极度不适。

▲ 列强对如火如荼的义和团运动极端仇视和不安，各国驻华公使一再向清政府发难施压，要求剿灭拳民。光绪二十六年四月（1900年4月），英法德美四国公使联合照会清廷，限令其“两月以内，悉将义和团匪一律剿除，否则将派水陆各军驰入山东、直隶两省，代为剿平”。清廷对义和团的暧昧态度终究在岁末转为强硬。曾经扬眉吐气地武装进京的义和团士兵成批地被清兵斩首，朝廷以此举让各国联军消气。

▲ 1860年，香港议政局议员合照，头戴礼帽者为第五任香港总督夏乔士·罗便臣爵士。此时距香港割让已有18年。罗便臣在1859年出任第五任香港总督，时35岁不到，是历史上最年轻的港督。香港这片殖民地在最初几任港督任内，是非不断，名声大坏。《泰晤士报》在1859年3月15日就对香港留下这样的评论："香港总是与一些致命的疫病……或一些丢人眼现的争吵连上关系。这个嘈吵、忙乱、动辄吵架、不满足和有损身心的小岛的名称，对于一些在上流社会宣之于口会有失身份的地名而言，倒或许是一个颇悦耳的类义词。"罗便臣在此背景下，进行大举整顿，使香港走出早年所留下的阴霾。

目 录

1900~2000

陌生的祖国

一部由影像讲述的中国百年史

代序

“往回看，才能明白未来”。

任何历史都是由后人所记录与创造的，我们看到的那些历史以及英雄们的表演，以及他们在时间中的定位与背影，都带着后来者的价值观与需要，“需要”正在成为历史书写中的重要理由与事实。我们无法确认自己正在阅读的就是那些在时间中曾经存在的。我们真的可以相信，那些只由几个人编撰的历史就是一部真实的历史？史家们对于历史的看法就是历史本身才应当有的那些声音与形象吗？

曾为中美关系铺平道路的“中国通”亨利·基辛格认为，中国过去遭受的不公正对待决定了“中国如何参与世界事务、如何界定在其中所要扮演的角色。”对许多中国未来一代来说，“中国有时候不仅仅只是一个值得发现的真相。”

近年间风起的汉学家们对于中国的发现以及他们遥远的对于陌生中国围观的历史，更重要的是他们的世界观正在影响着新一代青年对于自己祖国的认知。他们自小学开始的阅读，内地、台湾省、香港特区历史课本中的中国以及西方撰写的中国，这些不同的认知体系正在重新建造着新一代中国人对于祖国的探险。虽然他们同在一个国家，却在一个久远的历史细节中发现不同的答案。亲爱的，有着近2000年历史的中央帝国，我的祖国，有时看上去如同一潭浑水，我们艰难地试图寻找到其中的那条若隐若现的鱼，或者其他的暗藏的礁石。然而，那些不同的个人见解，诸如大陆风行的《百家讲坛》，诸如被称为现代大家的史学者，都无法在这股重新发现中国的潮流中，为我们提供最精确的方向。而这个论坛所创造的许多“传统国产”的演讲家们，讲述的历史要么以演绎的方式开始……而现在他们开始抛弃评书式的历史讲座，学会了“用讲故事的方式”来打动对于祖国历史陌生而好奇的一代人了。虽仅如此，而那些汉学家们，有些甚至从来没有来过中国，或者大陆旁边的台湾省、香港特区的报刊，或者上世纪初传教士们在中国的摄影作品，所记录的祖国，则正在这股重新发现中国的热潮中悄然占据上风。

年轻人开始阅读这些西方人发现的中国历史，而另外一代人，他们的父辈们，对中国有着丰富的了解，具有高超的对于事务的熟知能力，并占据着重要资源的一代人，则守候在《百家讲坛》前，他们渴望了解的是2000年间的中国宫廷斗争以及诸代望臣的命运，庙堂的操运伦理。家庭主妇们则从漫长的古装电视剧中的“后宫嫔妃们的争斗中”了解属于他们的普遍历史。他们的后代，20岁或者30岁的改革的孩子，则从西方人的撰写中，关注近百年中国的命运，他们对辛亥革命推翻了清王朝，亚洲随之建立的第一个共和国的兴趣远大于对于遥远的唐宋或者清明的关注。那些庙堂与历史争斗对他们来说，仅只是一种传说与故事，从这一百年中寻找到中国现代化的脚印，则是他们了解历史的动力。

这种历史认知断层犹如对于“复杂中国”的重新定义，一代人有一代人对于历史的看法。他们对于历史的断代与判别像黄土高原深处那些被埋藏进化万年形成的煤层或者石油，你不知道在哪一部分会发现，它们在一万年前是大海，在五千年时则成为了高原。

而历史隐藏在哪一种表述中呢?

1999年岁末，澳门，这个以赌博胜名的弹丸之地，在被葡萄牙统治了近百年后，回归了。我作为CCTV直播这一祖国光荣时间的一员，与央视的一些至今仍然著名的主持人们住在拱北海关的一家宾馆。

那时候我已快30岁，从军13年，在那个小城，扑面而来的来自祖国三个不同地区或者西方的报刊、电视台对于同一事件的报道差异，让我对自己的判断开始了怀疑。那些报刊几乎以完全陌生的方式讲述着澳门的故事。我知道，澳门回归是我正在经历的历史，这个历史，北京的电视台用自己的方式记录了，而在那一天，我看着BBC、NBC以及香港或者澳门的电视台，他们也用自己的方式记录了这个历史时间。它们的语言是英语、广东话。入城式的画面也竟然如此截然不同。这个正在发生的时间显然对于居住在不同地域，有着不同世界观的人也是不同的。

而我作为一个曾偏居内地30年的人，也在这种混杂的记录中，找到了自己对于正在经历的时间的看法。

历史是什么?

它们开始成为困扰我的一个巨大难题。它们在我们身前的背影显得那样模糊不清，每个人在时间中的记忆都带着自己对于时间的看法，而那些时间对于我们则遥远得如同命运，我们只看到了一个个结果，或者一个个由结果组成的“历朝历代铁口直断式”的表达。这些就是我们要面对的历史?

某个特殊的巧合，我看到了宋美龄女士的图像展。尽管已近百年的她当时仍在人世，但那些旧年代的细节，以及她与蒋普通的生活图像，仍然让我感觉新鲜。我那时候已对文字所描述的世界开始了怀疑，真实的黑白图像使我坚信，它在某些时间，远比我所接触到的教育更为可靠，无论你相信与否，她在美国国会演讲时坚强的眼神与她的演讲稿，都使我坚信，历史在某些图像中出现的时候，它们是真实而且有力的。而且与那些文字记载的历史有着不一样的结论。宋的眼神改变了我的历史态度，至少改变了我对于一部分用文字记载的历史的态度。我要找到属于自己研究历史或者至少接近真实的旧时间的方式与愿望。如有神示，我从那些分散在各地的，比如台湾省国民党党史馆、“中央社”以及更多的管道中发现的黑白图像中，找到了近千张由宋的图像组成的一部用图像串联起来的宋的历史。2002年，在这位106岁的老人去世前十五天，我出版了《宋美龄画传》。这本书因为某种神秘的巧合与唯一性，而使它成为内地了解宋的一个普及性的常识读本，与一个纯属巧合的热门话题与畅销书。而这个无意间的巧合，也使这本图文结合的，在国内出版史上首创的体例，引领了一个画传风潮。从这本书开始，也许有意无意间开始了我对于中国百年间历史的重新认知与写作。我开始有意识地寻找这百年间的图像以及关于这百年的重要历史人物与历史事件的了解。而随着我了解的越多，却发现历史是如此陌生与神秘，在一件基本的常识性的问题上，至少对于我来说，它们几乎是两种或者更多种不同的说法，而那些旧像片的出现，更使我发现，我对于历史的了解如此之少。历史的写作方法或者拍摄方法竟然因为国家的不同，或者写作者身份的不同，会如此变异。图像表达的是一种历史，而文字，同样也是历史撰写的一种。

我们更应该相信哪一种?

人类一直在探求自己对于历史与世界的表达与记录方式，他们在发明了语言与文字之后，1838年，世界上出现了两种特殊的语言：影像与声音的传播。1839年，法国人路易斯·盖达尔（Louis Daguerre）发明了摄影。这个世界从此可以在银盐纸上展现真实的人像与自然。缪尔·摩斯（Samuel Morse）则开始首次公开示范电报。当遥远的欧洲可以替代油画并用电报与铁路拉近时间距离的时候，遥远的“天朝上国”则正处在一个用山水画来描述的时代。英法帝国商人试图用鸦片改写道光年间的年号与史纪顺序。19世纪晚期，外国的传教士则随着洋枪队与冒险家们，来到中国向非信徒传播基督教福音时，用他们手中的摄影机为那个时期的中国历史留下了另一个“汗国”的影像档案。西方人是从电报与影像中，突然发现了一个陌生的国家：用精致的瓷器做成的吸烟工具；男人头上系着的奇怪小辫；丝绸织成的长袍；1949年前曾经存在过的北京厚厚的城墙；可以娶一个以上的老婆；巨大的边疆；瘦小却狡猾，戴着磨石眼镜，头顶着长翎红顶帽子的清国官员。贫穷但却不愿意与海外那些寻求财富与瓷器、金银的商人通商的封闭国家。并且他们试图用长城来表达这种从明朝就开始拥有的愿望：闭关锁国。

英国人则戴着假发，拍发着电报，在打字机上打印小说书或者发行报纸，用他们的小船开进全世界所有未知的领土，并占领它们。“殖民”这个词开始重新制造着两百年间的世界历史。许多未来形式的大国几乎都是在这两百年间突然诞生了。

而这百年间，尤其对于一个有着长达千年的古老顺序与规制的中央帝国来说，突然被西方几万人组成的洋枪队与鸦片或者宗教，轻而易举就打败并发现了。

在16世纪左右的传教士与正在走向现代化的欧洲人眼里，这个古老的国家竟然是个“少年中国”，幼稚、不熟悉世界，自大，蜷在一隅，像一个活在梦境里的与世隔绝者。而叫醒这个被民国译成“拿波轮”的法国皇帝称为睡狮的“清国”，竟然是一群西方的商人。他们仅仅因为利益，因为鸦片，或者宗教。

但对于这个大一统近千年，并如“黄祸般”留在欧洲人记忆中的“汗国”，同样也成为欧洲发明的报刊的神秘报道者。在那些报刊与充满探险家气质的记者们“寻找CINA”的时候，更多的摄影师伴随着这股热潮带着他们的好奇心与银盐纸进入了中国，苏格兰摄影家John Thomson（约翰·汤姆森）是最早来远东旅行，并用他古旧而时尚的摄影术记录远东各地人文风俗和自然景观的摄影师之一，这个冒险主义者曾在遥远的1867年移居香港，开始了他摄影生涯中至关重要的几年。他的纪实主义风格为我们留下了长辫的中国以及北京的轿夫，斩首的场景。这段冒险的经历为他赢得了在1881年成为维多利亚女王指定御用摄影师的名号。而这些无关政治的图片无意间在百年后成为我们回忆帝国的重要影像，其后的摄影师们则用他们的镜头表达了对于中国的政治以及现实的记录，他们用自己的方式，记录了摆拍或者原始的中国现实。比如，那些清朝官员都是端坐着，或者合影，也是一群人木讷地看着1900年以前的镜头。而这些，在今天的摄影师们的镜头里，我们还可以发现他们制定的摄影规则。群像，端坐，目视着2000年的日本照相机镜头。事实上，镜头中的中国似乎从来没有改变过。但改变这一切的是什么呢？这些一百年间的景物，或者他们随手拍下来的孤独的风景，伴随着相机快门的定格，“John Thomson们眼中的中国都市与破败乡村的状貌，包括了政治、经济、文化到习俗的诸多信息，不动声色地留在了历史的底片上。”

John Thomson“以他在1860年代末至1870年代初对中国的人物和风

光的生动写照，无疑是当时最好的摄影师之一。是衡量19世纪其他在中国活动摄影师的标杆。”

“我的照相机是一件邪恶而神秘的工具，它能助我看穿岩石和山脉，刺穿本地人的灵魂，并用某种妖术制作出谜一般的图画，而与此同时被拍摄者身体里的元气会失去很大一部分，他的寿命将因此大为折损。”John Thomson在他进入“清国”拍照时，遇到的困境，在现代的中国，仍然有着遥远的传统，比如乡间仍然会流传照相会吸走人的精血的愚昧说法。同样的事实也发生在：铁路会毁坏中国的龙脉，电报可以刺伤中国古老的灵魂。事实上，当这一切在其后的二千年，电报悄然消失，铁路正在进入高铁时代，甚至台式电话，也快变化为古董，相机即将被乔布斯的苹果手机取代，成为中国青年记录自己业余生活一部分的时候，这个曾经的历史时间轴正在失去它的功能还是在失去它的灵魂?

事实上，他们手中的相机，真实地刺穿了中国的灵魂，但也保留了中国的元气，至少，我们看到了我们应当了解的历史。当“历史可以观看”的时候，我们发现图片远比文字更加真实，当文字成为一家之言的时候，那些陈旧的图片的表面至少还保留着1910年我们无法描述并看清楚的小脚，靠在北京的旧城墙边上发呆的艺人。或者1900年几个工人站在北京朝阳门正在维修的木柱上，他们木讷的表情曾是那个时代对于外部真实的写照。那个高高的旧城楼的土建工人与当时美国最高大楼钢铁支架上站立着的现代工作，都是当时地球上发生的故事。只是东方的旧城楼上的工人看到的是一条尘土飞扬的旧长安大道，而纽约的工人，则正享受着现代化到来时的不安与兴奋。因为他们站得太高了。

事实上，在这个图像泛滥的时代，图片正在成为一个通用语言，而变得比世界语英语表达得更加直截了当与简捷。当我们翻开一本外文版的书刊时，在陌生的语言面前，图片则成为我们迅速了解这本书的窗口。而近几年国内对于画传的流行以及更多的人对于图片的重视与收藏，也开始显示一种新的可能性：当一部分人在收藏这些旧图片的时候，其实他们也在无意间保留着日渐陌生的历史。而这似乎也印证了苏珊·桑塔格的那句话：“所有的照片，都会由于年代足够久远而变得有意味和感人。”

为什么要重新写作这些所谓的耳熟能详的历史？

在中国，重新写作“盖棺定论”的老历史是“既复杂又敏感”的事。“尤其是这一百年的中国，它复杂而且充满许多神秘的运作。对祖国历史的领悟和学习，不能孤立与封闭自己，更不能视角单一。不仅要同世界历史相关联，更需要借用他国的眼光，来反观自己的历史。这样在辨别那些大是大非或大真大伪的历史问题时，才能更为客观，结论也更能经得起时间的推敲。”但对于中国的了解，我能找到的管道是什么呢？

John Thomson们的出现，给我们提供了一个现实的难题，我们宁肯相信他们机器中的影像还是那些坐在书房里的史家研究？历史为什么会有许多不同的版本，不同的事件为什么会有不同的表述，英语的表述与国语的说法为何如此难以达成一致，哪一些是真实的，哪一些又是虚假的，从《宋美龄画传》开始，这些都是困扰我多年的问题。这些问号一直等待我们去拉直，但却找不到拉直它们的方法。我在寻找这个答案，而这可能就是我无意识间对于中国近百年历史的探险的开始。

中国的百年时间正在成为东西方文明的分界线，也成为东西方重新发现与制造中国的一个重要的分水岭，中国的一百年发生了什么？而西方的一百年发生了什么，一个巨人倒下的姿势与用洋枪打开它的国门的姿势同样令人迷恋与犹疑，尽管它们一个是屈辱的样貌，一个是胜利的微笑与倨傲。

在最近波澜壮阔的百年间，东西方文明正以另一种语言来重新制造世界。

“从19世纪和20世纪早期的中国，直到今天所理解的‘版本’，也许长期以来都与西方通常叙述中的中国格格不入。”似乎是《纽约时报》的一篇文章称：“在中国的‘屈辱世纪’里，最后一个封建王朝的缓慢崩塌十分不可思议，简直像是一个漫画家编造出来的：一位志向远大的文职人员没有通过科举考试，变得神志不清，以为自己是耶稣基督的弟弟，被派来把中国从清朝的统治下解救出来，他在1850年发起了太平天国运动。两千万人死于之后的社会动荡。英、法、德、奥匈、俄、美、意、日组成的八国联军轻松打败了义和团成员以及加入他们的清朝士兵，但是在那之前，义和团已经杀死了三万多名中国基督徒。西方人来中国宣传基督教的和平和同情精神。他们也在鸦片贸易中轻松获利，并为继续获利而发起了一场战争。”这场运动在侮辱了中国的同时，也促使了亚洲第一个共和国的出现。

百年以来，中国迈向现代国家之途披荆斩棘，一再犹疑，多所反复，常常倒退，令人难以确知其未来。进三步，退一步，成为中国式的智慧与借口，我们不知道自己是在前行还是在后退，时间在哪里？我们在向前进，但我们的方向在哪里？

我们要到的那个地方在哪里？

这本书写的是1900年到2000年间的剧烈变动的中国。研究100年间的中国，不是怀旧，也不是算旧账，而是如何找到我们从哪里来，到哪里去，为什么来这儿的原因。这部普及式的常识读物将只给大家提供一个可以选择的向导。它不是史马迁的《史纪》，也不是史景迁的外国眼镜下的演绎。它在这个被互联网制造出来的扁平时代，所发挥的作用也许只不过是给大家一个维基百科式的基本的中国百年常识或者一个国家的基本面目。

“对祖国历史的领悟和学习，不能孤立与封闭自己，更不能视角单一。不仅要同世界历史相关联，更需要借用他国的眼光，来反观自己的历史。这样在辨别那些大是大非或大真大伪的历史问题时，才能更为客观，结论也更能经得起时间的推敲。”历史事件是无法重复的，只有汇集各种视角的资料，只有拥有各种类型的历史证据，我们才可能逼近历史的真实。其实历史的张力，就存在于这种视角的差异中，我们对这种差异了解得越充分，对自身的把握也就越清晰。

我们可以盲目地热爱自己的祖国，但不能盲目地歌颂祖国的历史。对历史来说，曾经的灾难不是巧合，幸运同样不是从天而降的，这是任何人无法回避的。当人们不允许从多视角来澄清历史记忆时，往往意味着谎言和压制的开始，这时真理和真相便成为被扼杀的对象。

为保持这本书的基本真实以及可能的时间长度，也为了防止我自己对于历史的偏见的出现而影响这本书的“常识”“向导”价值，我们选择了一个简单的体例，即它由图片与外国人以及中国人的发现共同组成。它没有“立场”，没有“特制的意识形态”，没有知识分子与精英们认为的“普世价值观”，有的只是那些曾经被拍摄下来的1900年代破败的不收门票的故宫，或者孙中山先生的背影，或者毛泽东在天安门城楼的目光。我们试图寻找到的另类表述，只是想区别于那些“被需要”而写成或者有着固定价值观的历史书。而这些历史，可能只是那些大历史中的小细节，但这些陌生的小细节构成了百年中国戏剧。但不正是神秘和未知让人趋之若鹜？百年后回看，它们如同遥远的蚁群，在缓慢地行走，而我们正在试图加入这个蚁群中，我们在历史中是如此弱小，如此模糊不清，但却又是这些模糊的背影正在构成以前的历史。

这套书的基本野心只是提供一个具有世界观的中国，在二十世纪的时间轴心中的位置与被注视的方式。而对于这本书的读者来说，我们提供的只是他们眼中陌生的祖国与西方人拍摄的黑白历史。但愿这些历史可以成为一部简明的历史常识，一部西方人发现的中国的历史，一部陌生化的中国史，一部有图有真相的历史……一个了解中国的路径或者参考消息式的指路牌。或者干脆就是一本关于中国这一百年的历史“向导”。

中国人的悲喜命运，都在这部书中的影像以及文字中。它们在哪里，我们的历史就在哪里。而这就是我们要撰写的关于中国的百年变革史的意义。尤其在当下的“复杂中国”，此书犹如一本中国版的《光荣与梦想》，正在述说着我们尚未发现的中国的秘密。

2013年12月22日 美国得州

想象中的天朝

公元1900年之前

想象中的天朝

“这条河流如此之长，穿过了如此多的地区和城市，江中来来往往的船只如此之多，运送的财富和货物如此之多，实际上比基督教世界所有河流和海洋加在一起还要多！”

最早走进中国这片土地的西方人中，马可·波罗无疑是影响最大的一位。而当他留下对神奇长江的赞歌，同时，西方世界也启程了对东方的想象与探索之旅。

儿个世纪以来，旅行家、传教士、考古家、商人、政治家、记者、侵略者们各自怀揣不同的诉求、理由、想象还有目光走进中国，各自书写，也各自记录。

在马可·波罗、利玛窦、汤若望们的记载中，中国是恢宏、壮观、富裕的东方古国。京师城（杭州）简直是天城，它的庄严和秀丽，是世界其他城市都不可比拟的，城内处处景色秀丽，让人疑为人间天堂[1]。在元大都可以找到世界上所有最珍奇的东西。中国人用一种“黑色的石

① 马可·波罗《马可·波罗游记》，梁声智译，北京中国文史出版社2006年，第91页。

头”作燃料，让人百思不得其解（因为欧洲人那时还不懂得用煤）。中国人有美不胜收的瓷器、丝绸、茶叶，也喜欢换取一船船西方人的香料、珠宝。外来人士只要穿上中国士大夫的服装，就能得到官府民众不约而同的信任。在利玛窦绘制的世界地图上，中国被标在最中央的位置，这样显而易见能够博得和迎合中国人的好感与认同。顺治皇帝会对汤若望进呈的浑天星球、望远镜等西洋玩意儿感兴趣。汤若望也获赐二品顶带，成了最早在中国宫廷任职的西方人。

“中国”被传递到西方，被描画，被口述，毫无疑问都是溢美的辞藻。哥伦布后来碰巧发现美洲新大陆，其实是带着西班牙女皇给中国皇帝的信函，在探寻中国的航程中的神遇。1784年8月28日，对传说中东方古国的向往及通商的需求，使得美国商船“中国皇后号”在建国伊始来到东方，靠岸广州。从此，美国媒体书刊上开始复制《马可·波罗游记》式的中国描述：古老、珍奇、神秘、富庶。

在西方人自己的总结中，通过16、17、18世纪的西方航海家、旅行家，尤其是传教士的活动，大量关于中国的故事、见闻和理解传到了欧洲。这其中，耶稣会[①]传教士的根本作用不是传教，是在东西方之间架起了一道重要的桥梁。17世纪后期，他们是西方了解中国的最高权威[②]。

西方信仰目光里的中国

于是，传教士们来了。

他们携着西方教义兴冲冲地来到古国，如明清之际来华的意大利传教士卫匡国（原名马尔蒂诺·马尔蒂尼）所言，在他们刚刚发现“东域”（Cathay）和“中国”（China）是一回事时，也受到东西方信仰

① 耶稣会资料可参见贝耶尔《中国博览》（1730年），前言。福尔蒙《中国思想》（1737年），前言。

② M. G. 马森《西方的中华帝国观》，北京时事出版社1999年，第6页。

巨大差异的冲击。他的著作《中国新图志》里，有了关于“天朝上国”（Celestial Empire）的第一次重要描述。

“天朝”在传教士们的视野里，有了概念，并且渐次清晰。

耶稣会传教士从自己的天朝经验中发现，在中国作谦卑和苦行的表白是毫无意义的。因为在中国人的眼光中，卑贱和寒酸并不意味着品行高洁[①]。传教士们必须使自己适应中国人的生活习惯，才能在中国生活下去，甚至必须像中国人一样梳洗打扮自己，不能像其他远东地区的宗教信徒们一样死守着他们在欧洲习以为常的禁欲主义原则。

这些渴望在天朝传递信仰的西方人，是想给中国人带来一场思想上的革命。然而，在顺从中国习俗的同时，他们恰恰不得不首先学习领悟中国的哲学。

利玛窦的目光代表了他们早期较为单纯而直接的观察：中国哲学家中最为有名的一位是叫作孔子的人。这位博学的伟人诞生于基督纪元前551年，享年70余岁，他既以著作和授徒，也以自己的身教激励他的同胞追求道德。他的自制力和有节制的生活方式使他的同胞断言，他远比世界各国过去所有被认为是德高望重的人更为神圣。

在中国人对祖先崇拜风俗的巨大压力下，一些传教士试图把儒教与基督教调合起来。一部分西方人主张允许中国的基督教掺入祖先崇拜的部分精神营养，但不同教派的传教士却坚决反对。也正是因此，17世纪和18世纪前期，基督徒们对天朝的“礼仪”（Chinese Rites）的争议掀起了风暴[②]。

由传教士开启的“天朝”的诠释与想象之旅，在19世纪进入另一个高潮。这期间，不止是传教士，记者、政治家、商人，更多的人蜂拥而至。他们好奇而来，惊奇而奔走、发现、记录、传达，变的是往来的故事和记述方式，而不变的是，“这始终是一个伟大又高贵的民族；他们古老的伦理思想传承至今；中国人在文化和考试教育方面值得我们学习；他们的文明比我们的文明更具人性；他们在许多方面都领先于我

① M. G. 马森《西方的中华帝国观》，北京时事出版社1999年，第6页。
② M. G. 马森《西方的中华帝国观》，北京时事出版社1999年，引言。

们……”[①]

西方依旧对天朝想象不断。

“在中国，我遇到了许多我认为是正确，而实际恰好相反的事情”

经过17、18世纪传教士的铺垫，西方人对天朝的想象变得更加具体。

在伦敦19世纪的杂志《威斯敏特评论》里，关于中国的描述已经不再是几个简单的溢美词汇了：这是个有着悠久历史、辽阔疆土、众多人口的国家。从东到西和由北向南各长1.4万英里的国土上生活着由一个君主统治的三亿多人民。而且据推测，这些居民始终保持着自己独特的风俗习惯，保留时间之长远远超过了任何一个有文字记载的民族[②]。

尽管中国人不能被称为长相漂亮的人种，他们的表情还算是显得聪明和令人喜欢的。即使中国女人的面相和外型与男人特别相似，她们的面部却毫无表情。中国女人通常被人说得一无是处。她们宽大的脑门、塌塌的鼻子、细长的眼睛被看成是丑陋的特征。中国女人的体型比欧洲女人小，但是是匀称的[③]。

人类的历史进程和中国的发展状况并没有呈现出雷同的现象，4000多年来，中国始终保持着国家的统一和独立，它的管理理论和基本行政机构从未发生过特别重大的变化[④]。

除此，摄影技术发明前的百余年间，西方人还会通过绘制版画，向自己国家的读者介绍当时依旧很神秘的天朝。版画同时凝聚现场与想象，记载了对于西方人来说颇为细节又陌生的中国。在1873年《伦敦新

---

① 哈罗德·艾萨克《美国的中国形象》，美国，康涅狄格州，绿林出版社，1958年，第79页。

② 德庇时《中国：中华帝国及其居民描述》，伦敦，1857年，第二卷，第407页。

③ 德庇时《中国：中华帝国及其居民描述》，伦敦，1857年，第一卷，第314页。

④ 安德鲁·威尔逊《常胜军》，爱丁堡，1868年，第4页。

闻画报》上，帝京的提笼架鸟就成为令西方人感到新奇的街头一景。

作为珍贵的史料，这些版画原始地记录了西方人对于土生土长北京老百姓生存状态的观察与理解，而皇庭岁月，城墙、城门的图景，同时成为研究老北京历史和城市格局变化的佐证。然而，并非被记录的即完全真实的。

神秘有时来自西方式想象的自我虚构。即便当时的西洋画师随使团参与正式谒见，也没有可能现场写生，很多画作均为事后默写。在资料极度缺乏的情况下，某些画作的信息来源也会包括一些道听途说的传闻。至于大场面，则多为画师头脑中各种东方元素的无序糅合，在关于中国都城的描绘中，有时甚至出现作为背景的热带植物、古罗马街市和古埃及神庙的影子。

文学艺术也成为这一场想象之旅中的重要一站。

那时候西方人的中国观，几乎都是从文化资料的积累中得来的，而西方人自己富有想象力的有关中国题材的文学艺术作品更是直接塑造了很多人对于“天朝”的第一次想象。荷兰诗人冯戴尔（Vondel）用卫匡国的《鞑靼战纪》中的史料写出一个名为《Zung Chin》的剧本。法国作家朱迪斯·戈提尔出版了叫作《龙的帝国》的法文小说。在西方人自己的观察里，这是第一部以中国为背景，有“似乎真实”的中国情节和中国人物的法文小说[①]。

在波士顿的报纸上，一个欧洲人写的在中国的经历，证明了所有的“似乎真实”是由于西方人的想象方式与讲述角度，使得中国故事显得神奇：

> 当我向艄公询问我们停泊的渡口在什么方向时，我得到的答案是西北，他说风是东南风。“我们欧洲人就不这么说。”我想他看出了我的惊讶神情，就向我解释了罗盘针的用法。
>
> 他说：“这根针指向南方。”在中国，我遇到了许多我认为是正确，而实际恰好相反的事情，我同意一个朋友的看

① 见M. G. 马森《西方的中华帝国观》，北京时事出版社1999年，第62页。

法：中国人除了地理上跟我们相对外，其他许多事情也跟我们倒着来。

……这片陌生的非常陌生的土地上的一切真让我头晕目眩[①]。

中国人会识别和西方人完全迥异的方向，让他们头晕目眩。更重要的是，那时候西方人还不知道，他们想象中的天朝，本来也正走向令人头晕目眩的方向。

有一种传说，叫中华帝国

尽管传教士们记述的中国，在对其性格、哲学和文明成果的处理上有时不准确、持成见、带偏颇，但依然是西方人的中国观最重要和最丰富的来源之一[②]。

尽管版画、文学、戏剧乃至民间传说描画的中国，凝聚太多想象和“似乎真实”的部分，它们依然呈现了西方人认识的中华帝国。这个帝国在地理上与世隔绝是它能长期存在的重要原因之一。因为它的北面是广阔的沙漠，西部是崇山峻岭，南面和东面是波涛汹涌的海洋。另一个原因是它的书面语言的独特性，这个特征是维系一个国家统一的重要纽带。因为这种文字是表意文字，比表音文字更优越，不受发音的变化和方言的影响。一个山东人也许不懂一个广东人说的话，但他们却能用相同的文字表达相同的意思[③]。

已经深入进“天朝”骨子里的平静和安和的观念与中国作为一个伟大民族的进化思想紧紧地联系在一起，缓慢地决定着处在与世隔绝中的中国的命运。自17世纪和18世纪耶稣会的传教士们描绘了中国宁静、安

① “中国家庭生活”，《利特尔生活年代》，波士顿，1874年，第121页、第422页。
② 李太郭《实际的中国人》，奥尔班尼，1843年，前言。
③ R. H. 佩特森《历史和艺术短评》，爱丁堡，1862年，第235页。

稳，充满令人愉悦的画面以来[①]，西方人总把中国看成是世界上最和平安宁的国家[②]。

对于西方人，第一次中英战争（即鸦片战争）是中国从已经存在了大约两千多年的旧事物向西方新思想转变的出发点。由于这场战争，西方与中国开始接近。这一时期，在美国和英国的重要期刊上居然出现了25篇之多以《中国和中国人》为题的报道。更多的西方人，尤其是记者开始面访这个传说中的中华帝国。

在写了名为《中国》的报道集的英国记者柯克（George Wingrove Cooke）看来，随着时间慢慢推移，这片东亚的土地，将向英国数以千计的商品流通打开门户，并为它自己的国民开辟数以百万计的劳动力市场[③]。

从这个时候回望，四千多年来，中华帝国几乎一直由自己的君主统治着。居民的服装、道德、风俗习惯和信仰一直保持着统一性，它的古代立法者们制定的富有智慧的制度从来都没有丝毫的改变[④]。而从此，传说中的中华帝国要彻底改变了。

1840年前，大多数西方人可能还在接收定型的饱含想象力的观点，传教士们夸大了中国的稳固和平静，他们所描述的那种永恒的平稳在中国从来就没有存在过，但是全世界却一直把对中国永恒和平的想象当成不容置疑的真理[⑤]。显然，英中之间这一年爆发的冲突使得那些习以为常的认识渐渐瓦解。更多的西方记者们宣称：中国不再是一个不为人知、裹着秘密和神秘外衣的区域[⑥]。

传说被打破的同时，中华帝国的变革正式拉开序幕。

---

① “封建的中国”，《科恩海尔杂志》，伦敦，1874年，第三十期，第549页。
② F. S. 达昆《中国画册》，阿姆斯特丹，1670年，第155页。
③ G. W. 柯克《中国》，伦敦，1841年，前言。
④ 杜赫德《中华帝国全志》，伦敦，1874年，第三十期，第549页。
⑤ 查尔斯·麦克法兰《中国的革命》，伦敦，1853年，第1页。
⑥ M. G. 马森《西方的中华帝国观》，北京时事出版社1999年，第104页。

1900

1900
交 困

帝国末日：太后最后的木偶戏

19世纪末，光绪皇帝多数时间被囚在三面环水的湖心孤岛上。慈禧太后又重新牢牢地掌握了朝政。早朝的时候，她让光绪帝像木偶一样安静端坐，自己则坐在一旁发出最高指令。

康有为、梁启超在民间酝酿多时，费尽心力说服光绪帝推行自上而下的改良运动。但康梁希望光绪采用君主立宪制度，这直接挑战了皇族统治，影响了满清权贵的既得利益。更致命的是康梁机械搬用日本明治维新的做法，希望年轻的光绪帝变成大权在握的天皇。

慈禧对此自然警惕，暗中布局，任命自己的亲信荣禄掌管京城驻防，当光绪帝稍有拉拢实权人物袁世凯的动向时，立即收网，将维新党人铲除殆尽。康梁亡命日本，戊戌六君子慷慨赴义。

在此之前，由中央权臣撑腰、地方大员加盟的洋务运动更注重于器物更新，仿效西方建设现代军队和大机器工厂，虽也步履维艰，但总算蹒跚前行。

洋务运动的领袖人物奕䜣，在仅剩最后一口气的时候，在床前嘱托

▲ 3岁的光绪皇帝骑坐在1874年中国这匹孱弱的马背上。这位中国历史上最倒霉的皇帝之一，一生都被慈禧太后所控制。不过这张照片向我们展示的却是他真正的命运：他望着自己的江山，却并不一定可以驾驭。此时的光绪仍在熟悉巨大无比的皇宫，世界对他来说只有紫禁城，因为他只有3岁。

光绪皇帝在1889年亲政。古老的政治把戏再次上演，朝中随即形成了以光绪皇帝为首的“帝党”和以慈禧太后为首的“后党”之间的明争暗斗。光绪在甲午战后，锐意变法革新，“不做亡国之君”，于1898年起用康有为、梁启超等推行新政，受到以慈禧太后为首的当权保守派的反对。于是新政百日后凋谢，光绪自此失去自由，1908年在慈禧逝前一天被毒杀于瀛台，终年38岁。

光绪帝不可过分倚重康梁等维新人士，要尽快消解与慈禧形成的对峙状态。洋务运动倡导者们在慈禧与光绪争权的风波中平稳过渡，保存了实力，比如李鸿章，对时局洞若观火。

洋务运动的地方领袖、权臣曾国藩在1867年一个夏夜与幕僚赵烈文聊天，他忧虑于清王朝颓势几近定局，恐怕时日不多了。赵烈文安慰他说，皇帝一直很有权威，而且中央政府没有烂掉，还能维持。不过，今后的大祸就是中央政府先垮，然后地方割据分裂。赵烈文判断，大概不出50年就会发生这种灾祸。彼时距离1911年清王朝覆灭还有44年余光。从偏居于东北一隅的少数民族政权而始，清朝已历200多年。

洋务自强赶不上帝国主义时间表

1900年1月27日的美国《纽约时报》集中报道了一次排场大气的酒会，大清国驻美公使伍廷芳被放在报道的醒目位置。一起参加的还有前美国驻华公使丹比、日本驻美公使小村寿太郎，而酒会被报道的内容主要就是这三个人的发言。但耐人寻味的是，伍廷芳的酒会发言被排在了最次要的位置。

酒会上的伍廷芳，身穿传统东方绸缎衣服，上面绣满金线和汉字，颇显高贵，他演讲时是这样说的：“尊敬的会议主席和各位先生，感谢你们提及我的国家，和你们热忱的态度。但请允许我表达一下我的困惑，为什么我的发言被放在最后，成为第三位发言者呢？……我在读菜单时找到了答案。就像上菜，第一道是牡蛎，第二道是汤，第三道是配菜。于是我今天的演讲也就是各位的配菜……”

伍廷芳引用了英语中的谚语：大山从不向穆罕默德移来，穆罕默德只好向大山走去。他意在告诫在场西方政治家与商人们，大清国就如一座山，不会自动向穆罕默德移过来，而他们应该向大山走去。如果不去，其他人也会去的。伍廷芳倡导中美友谊时，用手指着清国国旗，饱含深情地称此时的自己就像身在东方一样。

此时的清王朝，像伍廷芳这样颇有世界视野、与外交往的清朝臣民

▲ 1900年，体育课。清政府在这一年之前已经力图振作了几十年，虽然奋斗的方向还不是很明晰，效果也还未明朗，但已经开始挣扎着前行了，不再故步自封，不再僵化保守。照片里的孩子们也有机会上体育课了。新的东西正在渗透大清朝，只是大清朝还剩下多少时间呢？

▲ 1902年，伍廷芳与吕海寰、盛宣怀同任“办理商约事务大臣”，与英、美、日等国修订通商航海条约。花甲老人为了维护中国的权益据理力争，仅与美国谈判商约一项便磋商至三十余次，辩论不下数十万言，舌敝唇焦，屡次决裂，实已辩至磋无可磋、磨无可磨之地。他卓越的外交才干和法律方面的真知灼见，曾让同样出使过美国的胡适先生在其赴美四十多年后这样评论伍廷芳：“他在海外做外交官时，全靠他的古怪行为和古怪议论压倒了西洋人的气焰，引起了他们的好奇心，居然能使一个弱国的代表受到许多外人的敬重。”

正在多起来，尤其是通商口岸这类地方出现了不少外事专家。他们与之前的官吏们对比，有机会目睹世界大局势。

在写了名为《中国》的报道集的英国记者柯克看来，随着时间慢慢推移，这片东亚的土地，将向英国数以千计的商品打开门户，并为它自己的国民开辟数以百万计的劳动力市场。从这个时候回望，四千多年来，中华帝国几乎一直由自己的君主统治着。居民的服装、道德、风俗习惯和信仰一直保持着统一性，它的古代立法者们制定的富有智慧的制度从来都没有丝毫的改变。而从此之后，中华帝国不可逆地走进了世界社会，成为其一员。

解密大清国显然成了国际舆论的焦点。《纽约时报》观察到，大清国种种的危机都酝酿在华而不实的社会与政府体制里。前来观察的西方记者们发现，大清国统治阶级的无能正催生着一场激进的变革。

19世纪60年代，在清朝的疆域之外，在工业革命轰隆隆的时代车轮上，西方国家到处都是钢铁齿轮装备的工厂，凝结为不可抗拒的商品经济的巨浪席卷世界。美国内战的结束、日本的明治维新、法国第三共和国的兴起以及意大利和德国的统一，使得新帝国对外活动的能力得到解放，它们将和曾一度号称“日不落帝国”的英国积极为自己国土上的工厂寻找市场和原料产地，它们都盯上了中国。

清王朝洋务派的自强运动没赶得上帝国主义的时间表，虽有中英战争后王朝对外合作，在曾国藩、左宗棠、李鸿章等重臣主导下有过短期中兴，但在甲午之战的炮声中，仍可见清王朝的不堪一击。

牺牲品：身挂符咒的义和团士兵

戊戌变法后，守旧人士聚拢在慈禧太后身边，意图依靠民间发起的“义和团”力量，肃清来自夷邦的人与物，诛杀光绪帝，进而清洗朝廷中的开明官僚。

义和团初为乡间自发结社的小团体，以练拳为名，仿照民间白莲教搞起秘密宗教崇拜，致使很多义和团团员坚信自己刀枪不入，信奉的神灵五花八门，包括关云长、孙悟空和姜子牙，不管是哪路神仙，只要在首领的带领下，喝符念咒，保管神灵庇护，法力无边。

这个民间组织的基本气质，用我们现在的眼光来判断一下，就是一群目不识丁的游民，生活很穷困，聚在一起，练武、打架，相信神灵护体就可刀枪不入。

这个民间组织，是怎么发展成为义和团运动的呢？其背景十分复杂，雷颐在《百年义和团》中论及，最根本、最直接的原因是“反洋教”。洋教是指西方传来的基督教。传教士来到了中国，与当地农民屡屡发生各种冲突。外国传教士在中国民间，其实也是遵纪守法的，但遇到什么纠纷，总归是要偏袒自己的教徒。而所收的中国教徒，良莠不齐，很多人只是因为传教士给钱，就选择入教了。中国传统的佛教庙堂，基督徒就不会进去拜，这也让乡里邻居侧目。连祠堂这样的地方，传教士也不许中国教徒进去。如果一家人有的信教，有的不信教，教徒不能进祠堂拜祖宗，就制造了很多家庭矛盾，吵来吵去，还是洋人的错。

当时又正在社会震荡期，中国与外国人打架，打输了，又割地又赔款。在乡间，在识字率只有5%的民众心目中，外国人已经被妖魔化了。有谣言将外国传教士等同于炼仙丹的道士之流，说传教士挖人心、吃婴儿脑髓。这种荒诞的谣言，在有着传统迷信的中国农村传得很快，很多人都信，再加上当时困苦生活的压迫，就导致一股子怨气全撒在洋人身上。

▶ 义和团传为民间迷信教徒的衍生组织，先天不足，缺少统一的政治机构和军事编制，一般分为总坛、分坛和门三层组织。有些总坛设置“粮台”职务，负责管理供应基层坛所需之银钱粮物，算作后勤部队。照片中的义和团士兵，左手持梭镖一柄，右手举“钦命义和团粮台”旗帜一幅，肥大的衣服挂在瘦小的身躯之上，似有些格格不入。这个集结了贫苦农民、手工业者、无业游民的队伍，“专持仇教之说，不扰乡里”，凡是集合也都自备口粮。

義和團

这股愤怒有由头，却没有道理、没有理智、不求一个解决的方案、只求一个发泄的对象。这种性质的愤怒，很容易扩大，很容易波及更多人。任何和洋人有关的事物，比如教堂、铁路等等，也成为了义和团的破坏对象。

当时山东两任巡抚，李秉衡、毓贤，对义和团这种滋事寻衅的做法都是听之任之，甚至给予表彰，称为“义民”——只因为他们打架的对象都是洋人。于是义和团干脆打出了“扶清灭洋”的口号，在山东更加变本加厉起来。

1899年，袁世凯任山东巡抚，他对义和团的定义就是“乱民”，丝毫不客气地用朝廷军队来剿杀之。义和团在山东没法待了，就纷纷跑到河北。山东巡抚大力剿杀义和团，直隶总督却热情拥抱义和团。大清朝廷内部对义和团，也大致是这两种态度。以毓贤为首的官员，将义和团推荐给慈禧太后。

义和团反对外国势力，慈禧就认为可以拿来一用。除了急于掌握全部决策权的慈禧，还有一批非常顽固的朝廷文官，这些人认为，只要把洋人给赶走了，自己的问题就解决了。这样，以义和团为契机，中国所有的顽固派人士都结合起来，一同抗外。

1900年5月中旬以后，清帝国当政权臣端王载漪、刚毅招引义和团入京，顿时京城失序，使馆、教堂烧杀事件不断，义和团直接在北京大街上行杀人之事，甚至出现因为一盒火柴就将一家八口诛杀的极端行为，更不用说洋人、开明官绅、维新党人了，遇之即杀。

义和团成为朝廷顽固派的工具，正在朝着更为极端、非理性的方向发展。6月11日，日本使馆书记杉山彬被义和团杀害。6月19日，总理衙门（就是清政府的外交部）请各国公使于24小时内离开北京。6月20日，德国公使克林德仍想与清政府交涉，在前往总理衙门途中被义和团杀害。

慈禧知道义和团已经出问题了，不可能依靠他们来做事。但一次难辨真假的“外交照会”事件，让她一怒之下，在1900年6月21日，向一切“远人”和“彼等”宣战。

▲ 被俘虏的义和团士兵。西方观察家对此这样描述：他们中的绝大多数人是简单的农民，既没有领导者，也没有武器。他们自己承担途中的费用，而且自带小米和玉米……

一份假情报引发清廷向世界宣战

1900年6月21日发布的对外宣战谕旨，由于没有点名哪个国家，等于向诸列强宣战，这不仅是清王朝的“破天荒”，也是中国历代朝廷不曾有的。执政四十余年的的慈禧太后之所以一改主和避战的态度，与外国势力决裂，乃是新仇旧恨一块算的结果。在戊戌变法中，慈禧有心废掉光绪帝，让李鸿章私下打听列强的意见，但列强均不支持。慈禧从此种下对列强的旧恨。

新仇则是跟一封假情报有关，假情报为端王载漪所“导演”。慈禧太后想废帝，打算再立载漪之子为新皇帝，虽然没有执行下去，但也显然让载漪动了心思。这个载漪还带领着义和团包围了光绪的住所，要刺杀光绪帝。慈禧亲自出面，这事才算平息。这时候慈禧已经想解散义和团了。

载漪为促慈禧太后宣战，私下命令连文仲伪造了一份要慈禧太后归政的“外交团照会”，让怡亲王溥静派江苏粮道罗嘉杰之子于午夜呈交荣禄，再进呈慈禧太后。慈禧看后勃然大怒，遂声泪俱下又激情澎湃地对众大臣作了战争动员令，当场宣布如再有人言和即刻斩首。

义和团在北京城领到了朝廷发的大米和军械，开始围攻各国使馆区。荣禄（当时，慈禧亲信中，只有其一人坚持认为义和团不可用）害怕局面难以收拾，暗中指示炮口故意不瞄准，使馆区“久攻不下”，又暗中派人给使馆送瓜果以示慰问。

自宣战之后，地方各路大员如两江总督刘坤一、湖广总督张之洞没有急于迎合朝廷共同对外杀敌的号召，而是互相联络，和列强商议中立以求自保，史称“东南互保”。史学界承认了东南互保的积极意义——避免八国联军将战祸蔓延到全中国。

坐在紫禁城的慈禧被顽固派大臣环绕，每天听到的都是清兵大胜的好消息，哪知道八国联军已经快到宫门口了。八国联军从天津大沽口登陆，一路向北京城进发。队伍一开始磨磨蹭蹭，内部又互相猜忌，后援部队迟迟不到。到8月初，最终汇成的八国联军有8000名日本人、4800

名俄国人、3000名英国人、2100名美国人、800名法国人、58名奥地利人和53名意大利人。

八国联军从下水道冲进了北京城

1900年7月，之前只是担任美国《世纪》《哈帕月刊》等杂志撰稿员的美国《莱斯利周刊》随军记者西德尼来到中国，第一次投入战斗。7月13日凌晨3点，他被将军轻声唤醒。

没有吹军号。除了低语声和移动的脚步声外，只有美国第九步兵团静静吃着早饭的声音。月光下，两个营站好了队。没等几分钟就看到日本骑兵排好纵队走过，然后是只有40人的奥地利水兵，再后是更多的日军。第九步兵团跟在英国海军旅后面，只听到子弹尖锐的呲呲声像手表的嘀嗒声一样有规律。

然后一股巨大的烟柱伴随着巨响升腾起来，是因为城外平原上的中国弹药库爆炸了。炮弹在头顶像撕开布匹一般撕裂空气，在一股股血淋淋的退下来的伤残人流身上，可以看到褐红色的裹伤布、撕裂的肉和贪婪的苍蝇。

“戴厚头巾的高个子穆斯林和锡克人的头高耸在矮小的日本人中间。一大群穿蓝色衬衣的美国兵和穿卡其布装的威尔士火枪手来来往往，英国海军候补生则骑着中国矮马四处走着……一英里外的城墙上，成群的中国人在他们高大的城墙壁垒上蔑视地向世界列强开炮射击，因为在另一边俄军和德军正对他们发动进攻。”

1900年8月15日，北京陷落。慈禧太后携光绪皇帝逃出北京。

当日傍晚，枪声停止了，万籁俱寂，俄国《新边疆报》记者扬切维茨基重新登上城墙，看到这个古都的上空，到处纷飞着令人生畏的弹药：燃烧的铅弹、钢铸的榴弹，还有中国人用生铁制成的古老的炮弹。

法国《费加罗报》记者罗迪同样在这个时候走进北京城，瞧见的不过是：几个衣衫褴褛的乞丐，战栗在蓝色破衣下；几条瘦狗，食着死尸……经炮弹、机关枪光临过的北京，留下的仅有颓垣败瓦而已……一

义和团团民见洋人就杀的暴虐行为让洋人们闻风丧胆，只能退居东交民巷寻求短暂的庇护。作为回应，慈禧太后在朝廷保守派的敦促下转而支持义和团，并对诸国宣战。由此，外国使节、旅华洋人、中国基督徒遭遇了五十五天的疯狂围攻。隐蔽在由水泥袋垒砌的围墙之后的使馆，也多次收到清廷送来的米、面、蔬菜和西瓜等物资。清政府的实际决策者慈禧太后在清军和义和团占据压倒性优势之时，也不免为自己留有余地。她后来回忆起此事也说："依我想起来，还算是有主意的，我本来是执定不同洋人破脸的，中间一段时间，因洋人欺负得太狠了，也不免有些动气。虽是没拦阻他们，但始终总没有叫他们十分尽意地胡闹。火气一过，我也就回转头来，处处都留着余地。我若是真正由他们尽意地闹，难道一个使馆有打不下来的道理？"（《庚子西狩丛谈》）

瑞全大楼

切皆坍塌了，但欧洲人的国旗飘扬在中国城墙上。往昔庄严肃穆的天坛，马队驰骋。英国人带来攻打中国的上万名印度兵，就在这里扎营。旱地上全是马粪。一个大理石香炉，以前中国人祭神烧香用的，这时候被英国人拿来杀瘟牛。烧杀抢掠地屠城，成了这些侵略者的狂欢节。在另外一个摄影师的镜头下，大批的联军从古老的明朝城墙的下水道里进入了北京城。当然，在大清国的记述里，这些是护城河的河沟，现在河里的水干涸了。奇怪的是，护城河的两边站着看热闹的北京人，他们木讷的脸上写着怪异的好奇。

记者贾伯·怀汀直接记录外国人在北京的抢劫。但是这一行为不仅限于任何团体或是任何国籍，甚至不局限于男人们。他无法忘记1900年10月到11月间，从保定府再到天津的途中，那些中国人受着折磨慢慢死去的痛苦场面，烧着的人肉味、垂死者骇人的惊叫和那些受难者脸上的表情。

随军记者并不是少数。记者胸前佩戴着的勋章，不是为了表彰其新闻报道的详实，而是因为在战斗中受过伤。在贾伯·怀汀看来，这期间天津成了最具世界性的城市。记者坐在饭店的阳台注视过路人，“英国人、法国人、德国人、意大利人、奥地利人、美国人和俄国人、朝鲜人和日本人、来自印度六个不同城邦的人，全都来来往往”。

一个腿部被子弹击穿的狂妄的爱尔兰人躺着，一边吃午饭，一边对伦敦《西敏寺报》记者说：“当然，我从来没想到过从中国皇帝的盘子里吃饭并睡在他的床上，老天爷，这才是我的家。”

被征服的天朝到处悬挂着投降旗

所有的房子上都挂着白旗，上面写着两个字“顺民”。

俄国记者扬契维茨基记录，街道是狭窄的、肮脏的，穿过中国人的住宅区，各处都是中国人恭敬地举着白旗，弯腰行礼。在他看来，上一次中日战争引起的恐惧是不可磨灭的，因此他能见到中国居民楼四处悬挂的旗子大多是日本太阳旗和写着“大日本顺民”的旗子。

▲ 1900年6月20日，德国驻华公使克林德乘轿前往总理衙门，代表各国公使要求保护，在途经东单牌楼时被清军虎神营士兵伏击暴毙，酿成战争导火线。北京城攻陷后，各国驻兵在北京城墙上安营扎寨，推来大炮。镜头中，德军士兵或倚靠炮车，或双手插袋，洋洋之色溢于言表。

最特别的不是中国人悬挂的投降旗，而是联军的旗子，五彩缤纷。到处都是旗子，军队的驻地、领事馆、医院、小铺子、饭店乃至饮酒铺子的上空都纷纷飘扬着旗子。各国的旗子不仅告诉任何一个外国人，他可以在何处找到他的同胞或者盟友，而且，“旗子还意味着它会掩护和保护任何一个悬挂它的人。旗帜是如此神圣不可侵犯的，受其庇护的人因而也是神圣不可侵犯的”。同时，旗子还指明持有旗子的人归属于联军的哪一国家的军队，那是因为如今只有军人才是天津的主人。

然而，只要是各色旗子下的军人，不分种族国籍，他们唯一要做的就是“征服”。

联军不只是抢劫城市。在他们看来，中国人就是蛮子和苦力，对待他们就像对待奴隶一样。为了抓中国人来干粗活、重活，联军还组织了一些跨国的狩猎队，专门抓这些穿着蓝布褂的中国人，逃跑的反抗的统统用棍子打。

在天津的联军开了两次会议讨论成立天津民政机构。直隶部队的司令官、英国多沃德将军、法国德佩拉科上校、美国米德上校、德国奥泽多恩大尉，还有奥地利和意大利的中尉，聚在一起商讨在天津如何切割利益。

后来这些人成立了“中国天津都统署”，俄国记者称此为“国际机构”，从一开始就“认真、有效、迅速工作”，在“相互信任”“相互支持”的条件下，“生气勃勃”，存在了两年。直到1902年袁世凯派唐绍仪接管了天津。

李鸿章受命北上收拾残局

7月8日，77岁的李鸿章受命北上。晚清实力权臣第一人、洋务自强名副其实的领袖、外国人唯一承认的清廷发言人李鸿章一生都走在剑锋上，现在愈发知道如何置身于危险游戏中的安全边界里。他走走停停，每一步都踏在生死攸关的节点上。

朝廷第一次应召他，他找借口在广东待了一个月，他深知此时太

▲ 1900年8月14日凌晨，八国联军对北京发动总攻。俄军攻东直门，日军攻朝阳门，美军攻东便门。上午11时东便门率先告破，部分美军最先攻入外城。英军午后开始攻广渠门，至下午2时攻破。晚至9时，各门告破。随后的北京城，处于一场空前的痛苦之中。各国洋兵俱以捕拿义和团、搜查军械为名，三五成群，身挎洋枪，手持利刃，在街头巷尾窜门而入，向各家索取鸡鸭、西瓜、鸡蛋等物，稍不如意，即开枪射击。并搜抢首饰、洋钱、时辰表等物件，翻箱倒柜，不堪其扰。

后倒向顽固派，容不下自己，直到7月朝廷重新给予他权力，授他直隶总督兼北洋通商大臣，然而，他从广东坐船到了上海，又不走了，此时北京城已经失控。直到慈禧逃往西安，授他全权议和大臣，他才瞻前顾后，一方面确认了列强的基本态度和基本稳定的形势，一方面设法让荣禄到西安去遏制顽固派的影响，才于9月18日抵达了天津。

李鸿章出身并不算显赫，幸而年轻时拜在曾国藩门下。李鸿章一生尊称曾国藩为老师。曾国藩的湘军围攻太平天国都城南京时，另一路太平天国军欲攻上海，江浙一带的士绅来求曾国藩援救。巧的是曾国藩中意的人选当时都分身乏术，李鸿章得到曾的支持，在老家安徽一带招募一批士兵，这成就了日后赫赫有名的淮军。凭借这支力量的苦心经营，李鸿章声名鹊起，势力坐大。

李鸿章在年轻的官吏中属于较为开明者，注重实务，愿意开眼看世界，中国近代第一条铁路、第一座钢铁厂、第一座机器制造厂、第一所近代化军校、第一支近代化海军舰队等，都不缺李鸿章身影，他是洋务运动最主要的推动者，也成为清廷必须依靠的股肱之臣。《中法新约》《马关条约》都曾经李鸿章之手烙上清廷的耻辱印记，尤其后者，这个73岁的老人在日本马关谈判时险些被刺杀，子弹卡在他左眼下的骨缝里，给朝廷的电文里他说“伤处疼，弹难取”，那些日子里每个细节他都会报告给朝廷，他的受袭给日本带来外交压力，于是他趁机要求削减战争赔款一亿两白银。

当清廷盲目地对所有外国宣战，能够收拾残局者，唯有李鸿章一人。这也是他人生中，最后一次站在一个屈辱和尴尬的位置上收拾这样的局面。

9月18日到达天津后，李鸿章去了他曾经执政达二十多年的直隶总督府，总督府已是一片废墟。一个月后，李鸿章到了北京。驻扎在此的外国联军宣布除了“两个小院落仍属于清国政府管辖”之外，整个北京城由各国军队分区占领。那两个小院落，一个是李鸿章居住的贤良寺，一个是参加与联军议和谈判的庆亲王的府邸。联军开出的条件极为苛刻，年老力衰的李鸿章竭力磋磨。每当聚议时，一切辩驳均由李鸿章陈

▲ 1900年左右，义和团运动期间的法国士兵。一些在义和团运动中惊魂未定的外国人事后痛定思痛，认为义和团是1789年法国大革命和1870年巴黎公社的结合体。他们中也有清醒的人士坦然承认，外国人在中国的胡作非为是义和团兴起的肇因，因为“予等外人罗嗦繁琐，贪黄人之利益，颠倒东方生计之平衡，故致如此之狂剧也”。

▶ 北京失陷，皇帝出逃翌日，作为清政府政权核心的紫禁城就被联军团团包围。联军总部下令在午门、东华门、西华门和神武门驻守重兵，维持治安。这座从永乐皇帝开始即作为皇权象征的神秘宫城，引起联军的强烈好奇，联军总部遂决议组织各国官兵列队入内参观。在联军占领北京城的一年当中，各种名目的参观活动无休无止。皇宫中的金银财物渐渐流失在络绎不绝的参观队伍中。

▲ 前门大街，作为老北京的中轴线，深刻展现了中国城市规划的对称美学。北起前门，南至天桥路口，连接天桥南大街，是北京传统的商业街。庚子之变前，前门大街还是繁华而从容的。川流不息的黄包车队是中产出行的代步工具。庚子事发，劫后余生的百姓选择了乘坐黄包车出逃。前门大街两旁已树立起电线杆，想必曾经被奉为“神的旨意”的电力已在北京城内使用。在生存道路上匍匐前行的大清国，被庚子之变的一记闷棍，击得魂飞魄散。

◀ 这是圆明园谐奇趣楼北面的花园门，通往黄花阵，透过门洞依稀可见黄花阵入口的两根石柱和阵中央的西式亭子。花园门是典型的西洋样式，拱形的券门和大理石构建流畅的线条以及黄花阵中圆顶的亭子，都与中式建筑风格迥异。不过，保佑中国土地的神兽还得是中式的，券门上方的中式兽首将邪灵阻挡在外。貌似西番莲的贴画，也给西洋式建筑做了点睛之笔。黄花阵迷宫的灵感来源于巴黎凡尔赛宫的迷宫，一道道低矮的植物墙勾勒出一条条曲径小道。每到中秋之时，皇帝坐于高台，宫女们则手执黄绸扎制的莲花灯，四散于迷宫之中，嬉闹追逐，最先到达凉亭者为胜，等待她的是皇上丰厚的赏赐。这处欢乐之地幸免于那场燃烧数月的熊熊烈火，成为清末外国人到京的必游之处。照片里四个绅士模样的外国人，或坐着，或斜倚在石板之上，也许这座“万园之园”中残存的景色，也足以让他们游览整整一天。

▲ 义和团的被俘团员双手被绑缚在身后，引出一条长长的绳子，另一头系在趾高气昂的日本兵手中。烈日当头炙烤，士兵和俘虏身下的阴影暗淡、细长。

▶ 英国人拍摄的义和团团众被杀图。义和团败后，团众被清廷校场刑杀。洋人围观并摄下多种极其血腥的现场图片。而其后在西方流传甚广的则有各种刑杀图，包括极具震撼力的现场砍头图，则成为了西方围观中国最具视觉暴力的图片。这张图片上，一脸横肉的大汉和那个眼睛像鹰一样的瘦子，似比那把要落下的刀更具恐怖色彩。

▼ 这是被毁前的北京圣约瑟夫天主教堂。这座帝京四大教堂之一的东堂，坐东朝西位于王府井大街上。庚子之变并非它的第一次劫难。始建于顺治十二年的东堂在嘉庆十二年毁于火灾，1884年得到重建。罗马式的建筑掩映在葱茏的绿树丛中，显得庄严、肃穆而神秘。历史上，天主教进入中国有三个时期：唐朝由聂斯脱利派传入景教；元朝由方济各会会士孟高唯诺为代表传入正宗天主教；明末利玛窦等传入天主教。前两次传入的昙花一现的信仰体系最终在明末生根于东方大地。公元1601年，利玛窦获允在北京传教，洋教士在京城活动自如，更受到器重，加官进爵。直至18世纪初，罗马教廷禁止中国信徒敬孔祭祖而引发的“礼仪之争”终于触动了清朝敏感的神经，招致康雍乾三朝严厉禁教的后果。鸦片战争之后，天主教在枪炮强势开路后再次迈开扩张的步伐，北京地区也普设教堂，信者甚众。

词；所奏朝廷折电，概出李鸿章之手。可是，如今的状况比马关时的城下之盟更糟糕，已经到了“人为刀俎，我为鱼肉”的地步。

李鸿章受了风寒，病倒了，联军打算继续拖延，方便“漫天要价”，但此时有些沉不住气了，“议和大纲”终于出笼。在外逃亡的太后回电李鸿章“敬念宗庙社稷，关系至重，不得不委曲求全”。1901年9月，李鸿章与联军签订《辛丑条约》。这个条约真正让中国沦为“次殖民地”。

八国联军最初要求定12名官员死罪，包括庄王、端王、刚毅、毓贤、李秉衡、徐桐和董福祥将军。最后解决的办法是赐令庄王自裁；端王充军新疆，终身监禁；毓贤即行正法；董将军被革职。刚毅、徐桐和李秉衡已死，顽固派退出了清廷主舞台。《辛丑条约》共有12条正文和19个附件，割地赔款均创历史之最。

维新党人海外遥控武力保皇

康有为从东渡日本那一刻开始，就一直抱有这样的幻想——将光绪帝从慈禧太后的爪牙下解救出来。不过保皇党人最终能够实际建构武力勤王的方案，还有赖于跟孙中山等革命党抢夺地盘小胜。

孙中山本名孙文，是一个誓要埋葬清政府的热血革命青年。他早年仰慕康有为声名，登门探讨革命之路，却被赶出门去。实际上，他不仅被康有为赶，清政府当然更容不下他，他长住在日本中山樵，遂以中山自称。孙中山没有顾忌往日被逐，力邀康梁合作，还把身边的朋友一一引荐给康梁，后果是很多华侨都成了保皇党人。孙中山之后曾评析此段时间可谓革命最低谷。这就是保皇和革命两派势力争夺地盘的开始，其后他们有长达十年的论战，这也是中华民族两种未来道路的争夺，在开始的一段时间里，保皇之说一直占着上风。

保皇党在海外华侨中站稳脚跟后，开始筹划用武力为光绪夺得实权。可惜，康梁的海外筹款一直没有到位，战略部署不断调整，左右摇摆。还没等到约定的7月15日，汉口的总机关就被张之洞破获了。保皇党人筹划实施的唯一一次勤王方案流产。之后的保皇党人只能在他们办的报纸上为他们的皇帝鼓与呼了。

同一年，南部省份也爆发了零星的反清起义，不同于保皇斗争，这些起义在某种程度上，是武昌起义的前奏，尤其是惠州革命起义。意志坚定的孙中山以“冒失者”的形象开始进入公众视野。当时的中国人开始知道他的名字，因为报纸经常把他和康有为放在一起讨论。当然，1900这一年的抗争，只是他革命生涯的初期阶段。

▶ 1898年，戊戌变法失败，梁启超全家避居澳门，逃过灭门之灾。随后，梁启超跟随老师康有为亡命东瀛，开始长达十几年的流亡生涯。梁启超的第一任夫人李惠仙担当起家里的顶梁柱，梁启超也在东洋鸿雁传书，鼓励妻子坚强地活下去，并授以读书之法、解闷之言，万种浓情流露于笔端。有一封信这样写道：“……南海师来，得详闻家中近况，并闻卿慷慨从容，词声不变，绝无怨言，且有壮语，闻之喜慰敬服，斯真不愧为任公闺中良友矣。”二人后于日本重逢，一生相敬如宾，在李氏溘然长逝后，梁启超写下《祭梁夫人文》，寄托天人两隔的哀思。

1901

1901
凋零

1901年1月29日，清政府以慈禧为首，正式推行“新政”。新政就是要改变现状，就是“维新”。这次新政的力度，比之前的“百日维新”要大，涉及的领域，比“百日维新”要广。

而两三年前以康有为、梁启超为代表的一群民间知识分子，要求光绪皇帝来担任革新的领袖，更极端一点说就是要从慈禧太后手中夺权，彻底剥夺慈禧的任何权力。这才是慈禧所不能容忍的。她并非不能接受革新、变法，她只是不能接受自己彻底退出政治舞台。

康有为、梁启超触碰到了慈禧的底线。而这个底线，如果换成一个稍微有点政治经验的人，都不会去触碰。说得更直接一点，康有为、梁启超在接近光绪帝要求变革之前，没有任何行政上的实际经验，只是读过书。这导致“百日维新”自身也漏洞频出，不成章法，没有体系。

100天之内，300多道圣旨，涉及法制、教育、经济、官制各个大小方面，以为发出圣旨就能开始贯彻维新，这是非常天真的想法。这种自上而下的维新，必须要有下面的执行力。而康有为、梁启超这些书生，恰恰不懂什么叫“执行”。

“百日维新”失败了，但是请再次注意，此时清朝政府的实际领袖

▲ 庚子事变后，清廷于1903年成立总理练兵处，推行军事改革，并令各省成立督练公所，负责训练新军。图为云南十九镇新军在令字旗下操练队列。中国始有现代军事理念训练的新式军队。

慈禧，仍是支持变革维新的。所以，很自然，《辛丑条约》之后，慈禧领导的一系列维新变革措施，比起“百日维新”的措施，都还要更激烈更彻底。这次改革，在1905年9月2日，废除了全国的科举制度。

慈禧太后听从风水师的建议启程回銮

八国联军进京的第二天，8月15日，慈禧与光绪离京，逃亡西安。1902年初才返回北京。

“装满行李的车队望不到头，在行李的重压下，车辆一路上嘎吱嘎吱地艰难前行。冬天日短夜长，全部人马昼夜兼程赶路。舒服的是慈禧太后、皇上、太监总管和嫔妃们，道路已经被打扫得平整干净，甚至还会铺上一层细土，队伍行进时，前面还有专门雇好的人马用羽毛扫帚轻扫路面。每隔16公里就盖有设备齐全的休息室来供应食物和糕点。这条专用通道由本地的承包商承建，造价约为每英里1000英镑，铺设路面的泥土都来自很远的地方。慈禧的卧室车厢里是一张欧式床铺，与此风格相仿的则是床上备有的豪华鸦片烟具。”

1901年10月，《辛丑条约》签订以后，北京终于变回帝都，慈禧太后率朝廷从西安回北京。这一事件被《泰晤士报》记者莫理循讲成了一个公路电影般的故事。

出发的具体时间，慈禧更重视算命先生的建议。朝廷回北京的吉辰定在1月8日下午2时，而从保定出发的时间就必须在早上7点。慈禧太后不顾铁路工程师的进言，早上6点冒着沙尘暴和天寒地冻抵达车站。苦了所有护卫兵，点着火把，打着灯笼，一步一步给轿夫引路。

装饰有许多孔雀羽翎的銮驾终于抵达京城，慈禧太后衣着富贵，带着华丽的满族头饰，“尊严”依旧。18个月前的一天早晨，慈禧凌晨4点醒来，满耳都是猫叫，仓皇而来的贴身太监李莲英告诉她鬼子已经打进朝阳门了，外面的响动是子弹枪炮声，咱赶紧避一避吧。皇宫上下顿时乱了套，慈禧让李莲英给自己梳了一个普通农妇的发髻，换上半新不旧的寻常衣服，带着皇亲国戚阿哥格格，一路向北逃窜而去。临行前，

▲ 1902年1月8日，两宫回銮。这是护送的马玉崑将军及其部下。
远处冰面上是跪迎的百姓。

把与自己有宿怨且最受光绪帝宠爱的珍妃投入井中，强迫光绪帝跟随自己西逃。

初离京城的几日里，吃尽了苦头，不仅没有美味佳肴，连起码的食物和水都不易得到，这些在紫禁城里的贵人们第一次切身感受到自己所统治的王朝已经凄凉到何等地步，到处是败卒残兵、饥饿流民。一顿要吃掉一百多道菜肴的慈禧此时只能啃玉米棒子充饥，一路上饱受了蚊子、苍蝇和厕所里的蛆带给她的折磨。可是一旦地方长官前来接驾，入驻西安城，条件改善，皇家的排场又立刻重新讲究起来。地方官员倾其所有为皇族营造出他们曾经过惯的生活，就好像他们不知道国家现在的境况有多么糟。

18岁的醇亲王载沣乘船赴德国道歉

4月21日，大清国政府成立了督办政务处，作为主持变法的机构。

1901年6月，一家德国公司在上海从大清国朝廷获得了一份合同，该公司开始在清国首都北京安设电灯。

早在19世纪70-80年代赴美留学的清国留学生已经开启了留美潮。达官贵人们的后代陆陆续续出了国门，又回国，并在大清国未来的发展中成为栋梁。

7月，因去年德国驻华公使克林德被杀事件，清廷派18岁的醇亲王载沣乘船赴德国道歉，并且为克林德树碑立坊以示纪念。

爱新觉罗·载沣开始登上历史舞台，作为满清贵族的正统后裔，清王朝最后一位皇帝爱新觉罗·溥仪的父亲。他在清王朝最后三年里，因为皇帝儿子还是不谙世事的幼儿，不得已扮演掌舵者的角色。当然，1901年的他还只是一个刚刚成年的年轻人。

“中国政界孔夫子”李鸿章离世

1901年11月7日，慈禧和光绪正在西安返回京城途中，《纽约时

▲ 1901年7月12日，18岁的载沣(中坐)以“头等专使大臣”名义离京赴德，途经香港时留影。随行为前内阁大学士张翼(右四)、副都统廕昌(左五)。

报》的头条不是皇族的归途，而是中国一位重量级历史人物的生命终结。这就是李鸿章，终年78岁。

在这位“40年前平定了太平军，并以其爱国主义和英明才干而扬名世界”的人物面前，俄国《新边疆报》记者扬契维茨基有些局促不安，不知道自己非凡的口才去哪了，“跟当今中国政界的孔夫子，是不能攀谈的，在他面前只能是聆听”。

扬契维茨基是在天津采访李鸿章的。

“这位中国伟人靠在椅背上，抽着长长的旱烟袋。他对我们非常冷淡，甚至有点蔑视地望着我们这两个年轻的洋人……李鸿章已老态龙钟，高高的个子，肥胖而笨重，他不时地咳嗽……在左眼下面还可以看得出在日本时日本刺客给他添上的伤疤。”

《纽约时报》在李鸿章去世当日刊登了一篇占去好几个版面的长文，且在次日登载李鸿章朋友西曼医生悼念他的讣文。

李鸿章在欧美各国驻大清国公使团中赢得了外国人的尊重。1896年8月28日下午2时，李鸿章一行乘“圣·路易斯号”邮轮抵达美国纽约港，“市民涌动如潮，港湾内百舰齐鸣”。那时候的《纽约时报》报道已经开始称李“既是著名军事将领，又是政治家、金融家和外交家”。在记者问及美国排华法案时，他曾义愤填膺地回答：

> 你们不是很为你们作为美国人而自豪吗？你们的国家代表着世界上最高的现代文明，你们也因你们的民主和自由而自豪，但你们的排华法案对华人来说是自由吗？这不是自由！因为你们禁止使用廉价劳工生产的产品，不让他们在农场干活。你们专利局的统计数字表明，你们是世界上最有创造力的人，你们发明的东西比其他国家的总和都多。在这方面，你们走在了欧洲的前面……但不幸的是，你们还竞争不过欧洲，因为你们的产品比他们贵。这都是因为你们的劳动力太贵，以致生产的产品因价格太高而不能成功地与欧洲国家竞争。劳动力太贵，是因为你们排除华工。这是你们的失误。如果让劳动力

▲ 清末，英国殖民者沉醉在远大的殖民理想之中，想象能够从九龙登上火车，经过大埔、沙田，越过罗湖桥，从深圳进入广州内地。他们事先规划了九广铁路的蓝图。1898年，李鸿章在威逼下屈辱签订《展拓香港界址专条》，其中赫然出现“将来中国建造铁路至九龙英国管辖之界，临时商办”之字眼。专条签署不足十日，英国即拿出九广铁路的合同，强迫清政府铁路大臣盛宣怀签订了草约。图为1900年九广铁路开通之际，李鸿章与香港总督卜力及随从的合影。

SOLD
ONLY BY
Griffith & Griffith
Philadelphia, St. Louis
and Liverpool, Eng.

▲ 中日《马关条约》的签订，不仅使得日本成为中国最大的威胁，更加剧了列强瓜分中国的野心。1896年，德国强占胶州湾，英国占据威海卫，法国窃取广州湾，中国处于前所未有的民族危机之中。为了达到“联俄制日”的目的，清廷利用沙皇尼古拉二世加冕典礼之际，特派李鸿章为“头等钦差大臣”出使俄国。其他国家得知此事，都想借机扩大在华利益，于是纷纷邀请这位“东方的俾斯麦”前往参观。为了感悟西方先进的文明，李鸿章接受他们的邀请，游历了德国、比利时、荷兰、英国、法国、美国和加拿大。这次欧美行程达9万多公里，历时约200天，随从人员包括李经方、李经述、罗丰禄、于式枚、德璀琳等45人，其时间之久、规模之大、行程之长，在当时的外交史上都是罕见的。

1896年，随李鸿章出访美国费城的随从团。

李鸿章于1896年仲夏离开了在欧洲考察的最后一站英国，乘船横渡大西洋前往美国访问。在纽约，李鸿章得到了时任总统克里弗兰特的专程会见，双方商讨了“照镑加税”相关事宜。其间，李鸿章会见了美国基督教教会领袖，他的“谦逊不遑”与竭力维护，让美国教会领袖无不畅然意满。已是古稀老人的李鸿章在美国得到了官方与民众盛大的欢迎，美方以“就像一个国际大家庭的大哥哥探访远方的弟弟”为欢迎致辞，而《纽约时报》则刊登了欢迎盛况：人们都想一睹清国总理大臣的风采，因为此人统治的人口比全欧君主们所统治的人口的总和还多。官方在港口排列了几十艘装饰一新的白色军舰，队形威武，舰队司令邦斯将军在旗舰“纽约号”上指挥；连大银行家摩根的私人汽艇也来了，主桅缀满色彩缤纷的飘带。

自由竞争，你们就能够获得廉价的劳力。华人比爱尔兰人和美国其他劳动阶级都更勤俭，所以其他族裔的劳工仇视华人。我相信美国报界能助华人一臂之力，以取消排华法案。

在西方人眼中的李鸿章有魄力，且“好问成性”。同年9月2日，《纽约时报》记录了李鸿章在英国访问时，与开尔文伯爵见面聊天，最后成了李鸿章一个人问，开尔文不停地回答。他甚至问到了消毒之父约瑟夫·李斯特的发明，问到开尔文无法接招。对西方先进科学技术的接触和了解，使李鸿章深谙中国发展之路的缺失。

美国记者卡朋特对李鸿章的专访则刊登在1900年9月23日的《共和报》上。

卡朋特说：我知道，阁下，慈禧太后对铁路和所有现代化的东西都很排斥。

李鸿章答道：并非如此。她很喜欢现代的好的东西。但是在接受它们之前，她希望我们确保它们是有益的东西。报纸对大清国政府的很多报道是不真实的。

卡朋特说：是的，但是，阁下，报道真实的中国很难。据说，慈禧太后将皇帝关在皇宫中好几个月。这是真的吗?

（尽管李鸿章老谋深算，他还是陷入了这位美国记者设的圈套。）他回答说：不，不是真的。皇帝与慈禧太后一起召见群臣，一起处理国事。

卡朋特立即问道：那么，谁是中国真正的统治者呢？谁在治理这个国家，皇帝还是慈禧太后？

停顿了一会儿，李鸿章也不得不回答道：慈禧太后是真正的统治者。

卡朋特又问道：但是，阁下，让年轻的皇帝做傀儡，让一位老妇人统治国家，不是一种奇怪的方式吗?

李鸿章回答说：我不这么认为。中国与英国的情况并无不同。威尔士亲王（Prince of Wales，英国皇太子之名，时年59岁）的年龄也足够大了，但是维多利亚女王仍然统治着英国。慈禧太后非常聪明。

卡朋特问道：但是，阁下，她对中国了解了些什么？她没有对这个帝国进行过考察，也从未出宫与人民在一起。

李鸿章说：维多利亚女王个人也对英国一无所知。她偶尔去趟苏格兰，偶尔也去法国南部。她不得不从臣子那了解情况。慈禧太后也是如此。

卡朋特之后还问了：阁下，贵国政府不会很快改变吗？

李鸿章的葬衣在晚上9点时已经穿上。庭院里摆满了与实物一样大小的纸制马匹、纸制椅子，还有纸人。当李鸿章的遗体准备被下葬时，李鸿章的老友——美国人西曼医生正在为这位举世瞩目的东方人悲痛。

李鸿章的主治医师马可是一位极其高明的医生，且熟知李鸿章病情。然而不巧的是，1901年李鸿章犯重病时，马可医生随载沣赴德国去道歉还没回来。在西曼医生的回忆里，李鸿章的离去有偶然也有必然。

这个中国政界“孔夫子”生命终结的时候，他的妻子、两个儿子和他的女儿都静静守在他的身旁。李鸿章留下一件遗折，意在呼吁自强，举行新政。遗折原文如下：

伏念臣受知最早，荣恩最深，每念时局艰危，不敢自称衰痛，惟冀稍延余息，重睹中兴，赍志以终，殁身难瞑。现值京师初复，銮辂未归，和议新成，东事尚棘，根本至计，处处可虞。窃念多难兴邦，殷忧启圣，伏读迭次谕旨，举行新政，力图自强。庆亲王等皆臣久经共事之人，此次复同更患难，定能一心勰力，翼赞讦谟，臣在九泉，庶无遗憾。

临终，他嘴里还在痛骂向慈禧力荐义和团的前任山东巡抚，一旁的忠心老臣周馥见到李鸿章虽然咽气，但双目炯炯不闭，大哭道：“未了之事我辈可了，请公放心去吧！”李鸿章这才闭了眼。所谓“未了之事”，在临终病榻上，李鸿章曾口述七律一首。这首绝笔诗曰：

劳劳车马未离鞍，临事方知一死难。
三百年来伤国步，八千里外吊民残。
秋风宝剑孤臣泪，落日旌旗大将坛。
海外尘氛犹未息，请君莫作等闲看。

▶ 晚清重臣李鸿章与儿孙们的合影，具体人名已不可考，摄影师是曾任《泰晤士报》驻华首席记者的莫理循。如果他再早些拜访李府，画面里也许会留下李鸿章大女儿菊耦（张爱玲的祖母）的倩影。

当年她是父亲的掌上明珠，聪明过人、精通文墨，直到23岁时才嫁给了父亲亲自挑选的清流健将张佩纶。作为李鸿章的外曾孙女，张爱玲并未享受过太多的荣华富贵，李氏望族所遗留给她的，仿佛只有那些深宅里的悱恻流言。她把豪门怨事化进小说，也因此失去了李家人的信任。

李鸿章共有儿子六人，与原配夫人周氏生子经毓早夭；长子经方为过继嗣子；次子经述为继室夫人赵小莲所生；三子经迈，由妾莫氏所生；莫氏的另两子亦不幸早夭。因而明确记载的只有经方、经述和经迈三人。但李鸿章孙辈人数众多（国字辈），光二儿子李经述就有大儿李国杰、二子李国燕、三子李国煦和四子李国熊。前排中间戴着小墨镜的应为李国煦，因其从小患眼疾，故戴墨镜。有人说张爱玲《金锁记》写的其实是李国煦家里的事，书中“长白”即是李国煦的儿子李家瑾，“长安”则是女儿李家瑜。《金锁记》里的曹七巧丈夫姜二爷就是以李国煦为原型创作的。

刘坤一病逝，还剩一个张之洞

1900年八国联军侵华时，在明确李鸿章的态度后，刘坤一和张之洞与列强签约中立，以“东南互保”。这意味着，中央与地方关系的重要变化，地方势力日益摆脱中央，成为相对独立的力量。这种力量的起端是曾国藩的湘军、李鸿章的淮军，更晚些时候，湖广总督张之洞也依靠洋务政绩立起清朝地方势力的第三个山头。正是他们撑起了晚清政局，也正是他们培育了颠覆王朝的武装力量。

由于湘军、淮军，以至于清王朝末期的北洋军，私家军队只效忠将领而不效忠国家，客观上加快了清朝灭亡。

刘坤一是湘军系势力的继承人，先后任广西布政使、江西巡抚、两江总督，1875年9月，授两广总督，次年兼南洋通商大臣。1891年受命“帮办海军事务”，并任两江总督。随着湘军头面人物逐渐离世，刘坤一遂成众望所归的领袖。在庚子事变中，刘坤一俨然为诸侯长，领袖“东南互保”，竟囊括了东南甚至西南各省所有的督抚大员，连慈禧的亲信荣禄也站在刘的一边。最后慈禧面对八国联军破城后的凄惨现实，不得不承认刘坤一等“互保”之举是“老成谋国之道”。

1902年9月10日，刘坤一逝于两江任上，终年73岁。临终前口授遗折，陈述了任封疆大吏40年深受朝廷大恩，至死愈怀依恋之情。就在前一年，他和张之洞连上三疏，请求变法，提出兴学育才、整顿朝政、兼采西法等主张，称“江楚三折”，多为清廷采纳，拉开了清末新政的序幕。

同李鸿章、刘坤一几近同等政治地位的张之洞却非地方武装起家，他出身清流，一生恪守士大夫的行为准则，不恋钱财，自信中国传统文化的主体性，提出“中学为体、西学为用”，务实地推行洋务自强，在湖北办实业、练新兵、开新学，使湖北精神物质均竖起一杆大旗。史家冯天瑜先生对张之洞的评价是，经张之洞督鄂近20年的艰难经营，湖北由一个深居腹地、经济文化均处中等发达程度的省份，一跃而为晚清全国最重要的机器工业中心之一，某些门类（如钢铁工业、军火工业）在

▲ 1903年5月14日，身为两江总督的张之洞奉旨进京，行至保定府与英军高官合影。照片中的张之洞已着夏装，头戴白色凉帽，红缨子垂在肩后，一把美髯飘逸胸前。东方的宽袖大袍和西方将领笔挺的西式军装形成鲜明的对比。一个显得英气、谨慎，一个更显从容。莫理循在1895年出版的《一个澳大利亚人在中国》一书中介绍湖广总督张之洞，说他“虽然是中国所有总督巡抚中排外情绪最强烈的一个，然而在大清帝国中却找不到一个人像他那样雇佣了那样多的外国人……他把任官期间所得的大笔收入用于开发利用其管辖地区的资源……张之洞总督花钱如流水，他或许是中国唯一离任时一贫如洗的大臣”。

当时的东亚也占据领先地位。

而张之洞自己即成地方领袖，在李鸿章、刘坤一去世后，更是走上了人生和权力的最顶点，他使出了最后一点气力助推清末新政。但命运弄人，最后推翻了他誓死效忠的王朝的正是他训练出来的湖北新军。

“泄密者”：清政府已是个空壳家族

1月，《纽约时报》用一篇长文评论了最能揭秘中国的书——在中国居住了35年的传教士亚瑟·史密斯的《震动中的中国》。

亚瑟传教士通过报纸和书向西方世界前所未有地倾吐了公开的“秘密”：清政府本想利用义和团清扫外国列强，却做了无用功。现在的他们更加愚昧无知，成了“无政府”状态。

亚瑟·史密斯的书“点燃了国际时事热点”，他告诉人们，此刻的中国最需要一个双手不被束缚的本国战士，他可以为清政府做点事。

在英国《泰晤士报》记者莫理循看来，这个本国的战士就是袁世凯。毫无疑问，莫理循也算是另一个传播中国真相的“泄密者”。

1902年3月2日，莫理循在保定第一次见到袁世凯。1900年八国联军在天津建立的“天津都统衙门”，把天津划分为8个区由各国分管。袁世凯刚接任直隶总督，就委派唐绍仪与列强交涉取消都统衙门，收回天津。莫理循称袁世凯“强壮、健美，充满了鼓舞人心的自信”，是一位爱国的官员。他对莫理循宣称，在各国协议的草案里，没有任何部分说明了天津的统治权应该交给外国人。面对这位年仅42岁的直隶总督、清廷中最年轻的高官，莫理循颇为折服。自此，二人开始了长达15年的交往，直至1916年袁世凯去世。彼时，恐怕连袁世凯自己也不会预料到，自己将是清王朝的主要掘墓人之一。

▲ 莫理循与仆人孙天禄的合影。他们二人有着20年的主仆情谊。照片中的孙天禄，是莫府的一号仆人，主仆间的情谊在定居北京的洋人圈中传为佳话。直至莫理循在西德茅斯弥留之际，对这位忠心耿耿的仆人仍念念难忘。他在信中写道：“我想让我的老仆人到上海迎接我们。我非常想再见到这个讨人喜欢的老家伙。我能想象出他看见我这副消瘦形容时说话焦虑愁苦的表情。”莫理循去世20年后，其次子阿拉斯戴厄不远万里重回北京找寻旧时老仆，故人重逢，百感交集，老人潸然泪下。

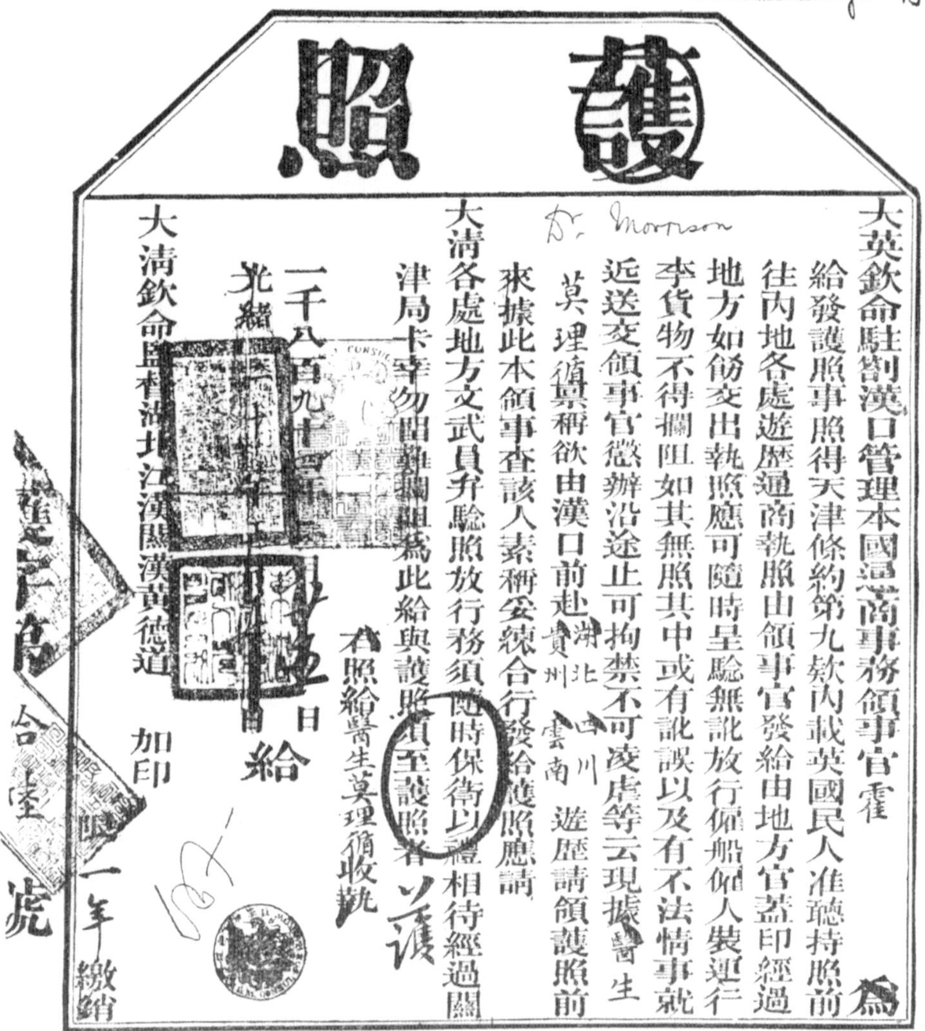

GRANTED 25 July 1894

EXPIRES 25 July 1895

護照

Dr. Morrison

大英欽命駐劄漢口管理本國通商事務領事官霍爲

給發護照事照得天津條約第九款內載英國民人准聽持照前往內地各處遊歷通商執照由領事官發給由地方官蓋印經過地方如飭交出執照應可隨時呈驗無訛放行僱船僱人裝運行李貨物不得攔阻如其無照其中或有訛誤以及有不法情事就近送交領事官懲辦沿途止可拘禁不可凌虐等云現據醫生莫理循禀稱欲由漢口前赴湖北 貴州 四川 雲南 遊歷請領護照前來據此本領事查該人素稱妥練合行發給護照應請

大清各處地方文武員弁驗照放行務須隨時保衛以禮相待經過關津局卡幸勿留難攔阻爲此給與護照須至護照者

右照給醫生莫理循收執

一千八百九十四年 月 日給

大清欽命監督湖北江漢關漢黃德道

加印

限一年繳銷

MY CHINESE PASSPORT.

smaller

▲ 这是一份奇特的护照：用传统中国官方文件格式和汉字印刷的中国护照。莫理循在书中写道：“我作为英国子民在英国驻汉口领事馆登记注册，依据《天津条约》的有关规定，我取得了一个赴湖北、四川、贵州和云南四省旅行的护照，时限为从签署之日起一年。”——引自《一个澳大利亚人在中国》

1903~1904

1903～1904
先学中文，再谋中国

列强的生意

建国仅有一百多年历史的美国，一度走在了其他列强在中国抢占势力范围的后面，于是它提出了“门户开放”政策，狡猾的利益均沾说法等于把自己提升到和其他列强平等的身份，就好比他们之间约定了彼此平等地享用中国这桌美食。而《辛丑条约》之后，中国在国际上的屈辱地位更是难以动摇。

1903年1月4日，《纽约时报》以“中国的商贸发展”为题解读大清国的新一年。中美贸易额已经有了很大的增长。从1895年到1901年，大清国从美国的进口额翻了四番，达14,799,922美元。即使如此，3月的《纽约时报》还在猜测，此刻变革中的大清帝国正在历史与未来之间犹疑、妥协，但她不可能把自己的未来交在美国人或欧洲人手里，而是放在日本人手里。

大清国正致力于学习日本的革新范本，妄图争取到和邻居日本一样的地位。

3月，美国报纸慨叹，毫无疑问，欧洲人开始变得热忱。意大利罗马和佛罗伦萨的大学都开始教授中文；法国则可能是汉学在西方最早的策源地，巴黎和里昂的学校里的汉学研究者可能是最活跃的；奥地利的维也纳教育学院也开设了中文课程。

年初，西方学者呼吁关注大清帝国不可忽视的机遇之后，中文学习与中国文化的传播似乎成了热潮。5月，讲述中国陶瓷器皿制作故事的书登上报纸。6月，“中国的明灯：中国哲学家老子”成为美国报纸大大的标题，老子的思想主张，及其与孔子哲学思想的对比成为西方媒体乐于分享的故事。老子是中国伟大的思想家，还是道教的源头。报道里甚至直接有了《道德经》的内容。

1903年夏，《纽约时报》收到的读者来信是关于中国的呼吁和祈求：“中国成千上万饥饿的人们希望得到美国的支持和援助。”

英国人赫德提出重组中国计划

1904年夏，时任中国海关总税务司的英国人赫德提出了重组中国计划。《纽约时报》报道此事用了一种暧昧不明的腔调：这是“异常的”“不详的”“惊人的”“非凡的”计划。

他呼吁增加军费，加强军队力量，特别是海军；他建议每年的税收应该有一千万用于建立新式学校和邮政系统。他的种种建议在英美媒体的描述中是“对中国及其大众有益的”，却也是中国人认定“居心叵测”的。大清帝国重要的海关大权被一个著名侵华人物把持，这无疑是“被侮辱”和“被损害”的。

赫德注定是一个不被中国人喜欢的人。作为一个英国人服务于中国海关，人们看到他侵夺中国港口的引水权，扩大海关税务司对海关案件的审判权，把中国的邮政权控制在海关税务司手中，还有他难以抹灭的英国属性。

所以，即便他创建税收、统计、检疫等一整套严格的海关管理制度，为清廷开辟了一个稳定的、有保障的，并逐渐增长的新的税收来源，甚至可以说清除了旧式衙门中普遍存在的腐败现象，创建了中国的

▲ 罗伯特·赫德（Robert Hart，1835～1911），字鹭宾。英国北爱尔兰人。1863年，与戈登出任洋枪队“常胜军”统领的同一年，年仅28岁的英国人赫德被清政府正式任命为总税务司，开始了对中国海关长达48年之久的统治。赫德谨慎稳重，善于变通，深谙官场礼节和中国士大夫之习气，在满清大臣中左右逢源。1908年4月13日上午，十几个西方国家的驻华使节，清廷勋戚权贵、各部臣僚、名流绅士、工厂买办，齐聚北京车站含泪送别因病卸任的赫德。当总税务司的职员们回到衙门，看见赫德办公桌上钉着一张便条，上面留有赫德潦草而伤感的笔迹：1908年4月13日上午7时，罗伯特·赫德，走了。仿佛终场演出落幕，一个演员向观众最后的谢幕。

现代邮政系统——这些都不重要，始终记录在案的是他参与过签订《中法新约》《中英会议藏印条约》和《辛丑条约》。

同样在1904年，4月30日的《泰晤士报》上硕大的新闻标题：中国将要斗争。

大清国驻法公使孙宝琦的讲话成了报道唯一的主题。这是他第一次代表政府出来宣告：中国不喜欢战争。

孙宝琦，浙江杭州人，从1902年起出使法兰西，就力主效法日本图自强。他年轻时便有经世之志，1886年起，历任直隶道台、顺天府尹、驻外公使等职。然而，从公开的“中立”到“不喜欢”，孙宝琦除了表达出一点“斗争”的意愿，实质上，听从日本要求的立场丝毫未改变。

日俄交战的真相

清王朝兴起于中国东北地区的少数民族政权，所以它的老家——满洲，被王朝的统治皇族称为“龙兴之地”。不过当东亚地区的传统大国俄国遭遇新兴日本强国的挑战，两国把满洲作为利益争夺的主战场，清廷的统治者也没有力量阻止，只能一再地强调清廷要恪守中立，务请战后不要侵我主权，其实他们自己也明白，无论谁战胜，“请神容易送神难”。

日俄之间的较量早已有之，实际上这更是国际局势的一个缩影，几乎所有帝国主义强国都涉身其间。中日甲午战争之后，日本不仅在朝鲜站稳了脚跟，而且要求中国割让辽东半岛，这无疑等同于夺走沙皇俄国嘴中的肥肉，俄国正在力图使得中国东北之地成为“黄色俄国”。俄国立即出面干涉，日本作出了让步，中国用三千万两白银赎回辽东这块自己的领土。俄国此举赢得了中国当局的好感，更加坚定了李鸿章“联俄拒日”的策略。李鸿章在死前秘密与俄国缔结了密约，他满心欢喜地以为满洲至少能够安定20年，事实是两年后就爆发了战争。

日本对于中国东北的觊觎没有动摇，并且在1902年拉拢到了老牌帝国主义英国作为自己的盟友。美国也有支持日本的倾向，罗斯福总统认

▼ 1905年，围攻后的俄军战俘在大连旅顺港。

▲ 1905年1月5日，旅顺俄军向日军投降。日军围攻旅顺口5个月，伤亡5.9万人；俄军伤亡2.8万人，被俘2.2万人。

为中国软弱无能，日本是东方崛起力量的象征，也是对“门户开放”政策的保卫者，这符合美国利益。俄国立即对英日联盟作出反应，一方面扩大了与法国的同盟关系，一方面在1902年11月至1903年4月期间举行了一系列会议，决定夺回自己在满洲的影响。俄国于是直接向清廷表达自己的利益诉求，因为有日、英、美三国撑腰，清廷拒绝。同时，俄日开始谈判，俄国保持居高临下的姿态，而日本也毫不示弱，要求自己有同等的机会和地位分割满洲利益，谈判僵持。

日本人已断定战争是不可避免的了。精于计划的日本人认真计算了俄日对垒的实力对比，作出的结论是战争初期，日本可以获胜。同时，日本做好了胜几场仗后请美国出面调停的外交准备。1904年2月6日，日本中断了与俄国的谈判，隔了一天便开始敌对行动。2月10日，俄国和日本互相宣战。战争把东北地区搅得天翻地覆，清王朝的子民们流离失所，苦不堪言。战场上的胜利者是新兴的日本。1905年9月5日，俄日缔结和约。实际上，日本已代替俄国而成为占据满洲主要的帝国主义者了。

这次战争给中国的侮辱，比甲午、辛丑更甚。这是日本和沙俄，为了争夺中国国土，在中国国土上打的一次架。之前的鸦片战争，好比是一个外来陌生人闯进一间房子，房子是有主人的，这个陌生人要求主人分点好处给他，不管陌生人怎么穷凶极恶，还是在跟主人交涉，把房子的所有权当回事。而这次的日俄战争，则是两个陌生人闯入一间有主人的房子，主人就在现场，但两个陌生人根本不管，自己打了一架，自己来争夺这个房子的好处。

好消息是，此时的日本还没有足够的力量，虽然日俄都在中国东北地区掠获大量特权，日本还是在1905年把满洲的行政管理权归还中国，这不仅直接促使清廷下定决心在东北结束特殊政治体制，建立行省制，全部改换了主政官，还因为日俄战争的结果被普遍解读为“日本之胜利与俄国之失败，实乃立宪政体之胜利与君主政体之失败”，迫使王朝决心立宪。

自从19世纪60年代以来，中国在对外关系方面的不幸遭遇一直随着清朝的衰落而每况愈下。王朝短暂中兴晚期的“边防还是海防之争”也变得失去了意义，因为此时的清朝帝国边疆篱笆漏洞百出，国土之上都成了帝国主义的围猎场。

“边防还是海防之争”两方均出自曾国藩门下：一位主张国家战略侧重于边防，尤其注重俄国对新疆、蒙古、满洲之地侵占野心，主张者为左宗棠；另一位主张国家战略侧重于海防，要建设现代化海军抵御外来侵略，主张者为李鸿章。两位同为封疆大吏，前者歼灭伊犁乱军，力争之下将新疆之地纳入清王朝行省之列；后者建立北洋水师，竖起海防屏障。

不幸的是，守土重臣左宗棠只活到1885年就去世了，纵横外交家李鸿章期望联俄拒日，在生命尽头与俄签订了著名的中俄密约，可是那不过只是俄国的一个大骗局，清朝得到的只是短暂的心理上的宽慰，而俄国才是实实在在的获益者。

严峻的事实是，不争气的帝国没有守住边防——俄帝国不断蚕食清朝边疆，辽阔的疆域竟被割去一百多万平方公里；也没能守住海防——北洋水师几乎全军覆灭，王朝疆土被日本割去台湾、琉球、澎湖列岛。即使是帝国的核心之地，列强也以租借之名肆意瓜分。本土难守，更不用谈及周边国家，日本迫使朝鲜脱离中国。

入侵西藏的英军将佛堂改作食堂

英国在1849年征服印度之后，曾试图侵藏受阻，但把西藏的藩属国锡金、不丹和尼泊尔尽收囊中。

西藏在清朝的版图中是相对独立的一片区域，即使清朝晚期很多官员都意识到要迁移内地的汉人到边疆开垦土地，却唯独想不起来海拔数千米的高原藏区。所以，一旦西藏也被入侵，将成为清朝疆域全面危机最好的说明。

为了抢在俄国前面，英军已经迫不及待地要入侵西藏。英国派遣了两名锡金间谍奔赴藏地侦察，但被西藏本地官员抓获，并拒绝了英方尽快释放的要求，这成为英国入侵西藏的导火索。英军3000人马在1903年

◀1905年1月，日本和俄国对中国东北的争夺，引发了日俄战争。这场别人的战争却在中国的领土上进行。民众与当局却均无奈以对。历经数月的围攻和惨烈的交战，日军攻下中国东北的俄国领地——旅顺口，获得对俄战争的胜利。东亚局势再变。图为日军军官目击俄军军舰被击沉场面。这场游戏最大的失败者除了俄国，就是中国。

12月向西藏进发，一路上高原反应、疾病和寒冷折磨着他们。首战在一个叫曲米新古的地方，英军首领荣赫鹏狡猾地提出谈判，并说藏军应将火枪点火绳熄灭，以示诚意。当藏军照办时，英军突然开火，藏军因点火绳熄灭无法还击，数分钟内被射杀500多人。

西藏的落后很难抵御现代化装备的英军。在江孜保卫战中，藏军和民兵甚至只能用石块阻挡英军攻城，英军用了37个小时占领该城，他们不仅肆意抢夺寺庙的财物，还竟然将佛堂改作食堂，将转经筒钉上钉子改成食堂的食品输送带。

英军入侵一路上大大小小有十次主要战斗，之后西藏防线基本瓦解。1904年8月3日，英军士兵进抵西藏首府拉萨的街头。西藏的神圣领袖十三世达赖提前逃离。

9月7日，西藏掌握政教大权的摄政甘丹赤巴·洛桑坚赞，在英军高压和清廷驻藏大臣有泰的催促下，与英军签订了《拉萨条约》。条约将西藏约定为英国的势力范围。不过英国的“吃独食”行为备受各国议论，尤其俄国声称如果清廷批准，则会尽收库伦、新疆等地方事权。清廷拒绝承认《拉萨条约》，不过1906年同英国签订的《北京条约》依然确立了英国在西藏的各种特权。

中国革命大本营驻扎在东京

经济贸易的进一步发展，中日关系的融合，似乎都是在为革命进一步埋下伏笔。但日本依旧能引发中国高涨的民族主义思想。美国报纸那篇著名的《中国长年睡梦似乎将醒》长文报道：一些问题上，中日唇齿相依。但中国模仿学习日本，也是其觊觎利益的对象；日本给了中国革命的曙光，也挑起中国人日益增强的民族思想和反列强情绪。

1905年2月，来自伦敦的《每日电讯报》消息称，日本正准备在战后致力于成为北京最主要的“顾问”。日本对于中国的意义，是他们一边加紧同化清廷，一边培养革命派，至少不反对革命者在日本从事反抗清廷的行动。

▲ 图片下方的英文写着“中国皇子在日本留学”。但图片上的具体人物已不可考。

1905年2月，来自伦敦的《每日电讯报》消息称，日本正准备在战后致力于成为北京最主要的“顾问”。裹挟在一系列事件和发展中的中日关系这时候不再只是暧昧，而是如1905年9月《纽约时报》的评论《日本化的中国》所言，中国与日本有了现实的共享，从改良派先锋康有为开始就是如此。

革命不会太远。就像满族贵族裕庚之女德龄公主在接受西方报纸访谈时提及：“家父说过，不超过十到十五年，中国就会爆发一场革命，这场革命将结束清王朝的统治。要是清政府能立即进行改革，结局也许还行。否则，到那时，他们只能自己结束统治。”

在这个早年就随父亲旅欧多年的满族贵族后裔看来，接受西方文明尤其是政治传统的教育，就是中国革命的曙光。多年来，中国一直是一个古老的、保守的国家，坚持古老的制度。当然，老一代人喜欢这样，因为这对他们有利。“只是到了今天，那些一直待在国外并接受国外教育的青年人向往西方的文明和自由。如果他们没有看过任何好的东西，他们将不会知道世上还有这么好的东西。但是他们已经看到美国人的生活是多么美好，而在他们自己的国家里，生活又是多么艰难。我不会因为他们发起一场革命而责怪他们，我自己也会这样做的，我痛恨旧式的风俗习惯。”

1905年清廷废科举，出国留学生数量急剧增加，1906年留学日本的中国学生约6000人。日本的社会思潮在影响留学生的同时，也影响着中国的现代化，一个明显的例证是中国社会代表进步思想的诸多词汇来源于日本。

日本不仅与中国的立宪派和革命党有着政治层面和思想层面的内在联系，而且夹杂着千丝万缕的个人友谊和团体交往。日本成为反清人士理想的避难场所，而且他们常常能够得到日本上层人士或者高级官员的秘密会见和关照，甚至有日本人士极力撮合康有为和孙中山的合作，不过对于固执的康有为来说全是枉费心力，还诬陷撮合他们的宫崎滔天为刺客。

日本人宫崎滔天毕生支持中国革命事业，被孙中山称为“侠客”。宫崎滔天把自己的家经营成了“中国革命人士驻日驿站”，他不断地结交中国革命党人士，还把他们互相引荐。他还常常作为孙中山的助手，把自己的一生和中国革命紧紧地联系起来。经过他的介绍，1905年7月，孙中山拜访了另一位中国革命家黄兴。

黄兴是一个革命实干家，因其在国内组织华兴会、运动新军，打算趁着慈禧太后生日时，把在统治集团的高级官员们一窝端全炸死，继而起义。可惜提前案发，被清廷缉捕，只好逃亡日本。

在此之前，孙中山和黄兴彼此仰慕但素未谋面，自此之后，他们两人被人并称“孙黄”。两人相见，黄兴高兴得半天说不出话。不过愉悦的第一次会面很快变成充满火药味的争吵，两人纵论革命道路，彼此争论到拍桌子瞪眼睛。末了，黄兴笑说：“孙先生，我服你了。”

孙中山、黄兴走到一起，极大促成了革命团体的大联合。1905年8月20日，中国同盟会成立大会，会址选在东京赤坂区日本友人阪本金弥的住宅内，到会者超过300人。会上，黄兴提议：“公推孙中山先生为本会总理，不必经选举手续。”孙中山作为革命第一领袖，众望所归。

在同盟会机关刊物《民报》第一期，孙中山亲自撰写发刊词，第一次公开地、系统地阐述了三民主义，这是革命派一面充满力量的思想理论旗帜。

▲ 1905年8月，在日本人内田良平的牵线下，结合孙中山的兴中会，黄兴与宋教仁等人的华兴会，上海蔡元培、章炳麟与吴敬恒等人的爱国学社，张继的青年会等组织，在日本东京成立了中国同盟会。孙中山被推为同盟会总理，确定了“驱除鞑虏，恢复中华，建立民国，平均地权”的革命政纲，并以华兴会机关刊物《20世纪之支那》改组成为《民报》，在发刊词首次提出“三民主义”学说，与梁启超、康有为等改良派激烈论战。正式宣示所进行者为国民革命，编定“同盟会革命方略”，并称将创立“中华民国”；并举所誓之四纲，制定“军法之治，约法之治、宪法之治”三道程序。

青年汪精卫的论战、刺杀和爱情

立宪派和革命派都以日本为据点。同盟会成立后，创办了自己的言论机关报《民报》。

立宪与革命之不同主要在于：前者是改良，保留皇权象征，实行君主立宪政体；后者是暴力，推翻旧王朝，彻底舍弃皇权统治，实行共和政体。实际上，他们都对清廷现状有着强烈的不满，梁启超虽然妙笔生花，但是革命思想已经在留学生青年中熏染良久，大家都看不清楚暴力会带来什么后果。

双方针锋相对中，立宪派一方梁启超一人独当一面，同盟会汪精卫、胡汉民、朱执信、汪旭初等轮番叫阵。值得一提的是青年才俊汪精卫。祖籍广东的汪精卫是公费留日学生，跟随了孙中山革命事业，年仅22岁的他成为同盟会成立时的骨干，任评议部部长。在论战时，用笔名"精卫"，取自成语"精卫填海"，其文章逻辑严密，笔锋锐利，颇有影响。

东南亚富商之女陈璧君这时候常看汪精卫的文章，在汪随孙中山去东南亚革命活动时结识了他。再后来，陈璧君毅然逃婚来到日本，到《民报》编辑部帮忙，和汪精卫在一起工作。而编辑部里的穷人们，顿时多了一颗摇钱树，能够常去高级饭店聚餐畅谈。陈璧君日益倾心于有才有貌的汪精卫。

革命派逐渐在论战中占了上风，可是到1908年岁末时，国内的六次革命武装起义相继失败，革命行进到艰难时刻。梁启超在《新民丛报》趁机大肆宣扬革命党领袖都不过是"徒骗人于死，已则安享高楼华屋，不过'远距离革命家'而已"，不久舆论矛头指向孙中山。同盟会内也出现分裂，革命再入低谷。

这时候孙中山的坚定追随者汪精卫站了出来，毅然要回国刺杀清廷高官，用自己的生命来证明革命党的领袖都是好样的。1910年3月，汪精卫秘密回国，精心准备后，与喻培伦、黄复生决定刺杀摄政王载沣，不过，一个可盛四五十磅炸药的"铁西瓜"（炸弹壳）被人意外发现，结果是刺杀不成，几个人都被抓进了监狱。汪精卫料定必死无疑，慷慨书写千言“供词”历数清廷罪恶，并预告清廷必亡。

如果热血青年此时就义，他的历史形象一定会是另外的模样。革命同志积极营救汪精卫，最用力者乃陈璧君。相隔牢墙内外，陈璧君真情表白，言及虽然不能在形式上举行婚礼，但唯愿在心中宣誓为夫妇，汪精卫咬破手指，用血回复“诺”。汪精卫最终因清廷大赦政治犯，出狱了。他的事迹早已令海内外哗然。汪精卫已经注定留史浓重一笔。

▶ 训练中的“维新军”，加州鹰岩（Eagle Rock, CA），1904～1905年，康有为在美国成立“保救大清光绪皇帝会”，简称“保皇会”，亲任总会长，梁启超任副会长。美国人荷马李（Homer Lea，1876～1912）支持康梁保皇活动，被康有为封为“大将军”。1904年11月，荷马李在洛杉矶成立了“西方军事学校”，为康有为、梁启超保皇党的“维新军”提供军事训练。

1905~1907

1905～1907

激 变

“戊戌变法”升级版施行第五年

被八国联军赶出紫禁城的慈禧西逃路上，让光绪下《罪己诏》，先把黑锅背起来。

这份《罪己诏》没有停留在皇族自我检讨罪过的表面，它指出王朝的高级官员应该立即行动起来，参酌中西政要，无论是朝章国故、吏治民生，还是学校科举、军政财政，该如何拿来借鉴要尽快发表自己的看法，要尽快实行变法。这几乎是“戊戌变法”中《明定国是诏》的升级版。

清廷下令成立了以庆亲王奕劻为首的“督办政务处”，作为筹划推行新政的专门机构，任李鸿章、荣禄、昆冈、王文韶、鹿传霖为督办政务大臣，刘坤一、张之洞（后又增加袁世凯）为参与政务大臣，总揽一切新政事宜。为响应上谕，两江总督刘坤一、湖广总督张之洞拟定《江楚会奏变法三折》，这拉开了延绵晚清最后十年的最主要的一场新政的帷幕。

《江楚会奏变法三折》主张稳健改革，第一折强调培养人才，建立

▲ 一户诵经的人家。已经深入“天朝”骨子里的平静安和的观念，与中国作为一个伟大民族的进化思想紧紧地联系在一起，缓慢地决定着处在与世隔绝中的中国的命运。自17世纪和18世纪耶稣会的传教士们描绘了中国宁静、安稳、充满令人愉悦的画面以来，西方人总把中国看成是世界上最和平安宁的国家。四千多年来，中华帝国几乎一直由自己的君主统治着。居民的服装、道德、风俗习惯和信仰一直保持着统一性，它的古代立法者们制定的富有智慧的制度从来都没有丝毫的改变。而从此，传说中的中华帝国要彻底改变了。

1840年前，大多数西方人可能还在接收定型的饱含想象力的观点，传教士们夸大了中国的稳固和平静，他们所描述的那种永恒的平稳在中国从来就没有存在过，但是全世界却一直把对中国永恒和平的想象当成不容置疑的真理。显然，英中之间这一年爆发的冲突使得那些习以为常的认识渐渐瓦解。更多的西方记者们宣称：中国不再是一个不为人知、裹着秘密和神秘外衣的区域。传说被打破的同时，中华帝国的变革正式拉开序幕。

▲ 1894年，福建泉州街头，坐在轿子内的就是礼河莲（Lilias Graham）。礼河莲是一名英国长老公会的女传教士，早在1888年就来到福建厦门传教，一年后被指派到泉州地区。光绪二十一年（1895年）左右，她在泉州驿内埕创办盲人学校，名为“指明堂”，免费赠予学生衣食与书本，兼授指模拼音识字、编织等技艺，使双目失明的青年寻找到生存的希望。

◀ 旅行的洋人与中国保镖。帝国国门被洞开之初，神秘的东方吸引着西方那些对中华帝国好奇的洋人。他们穿梭在所有未曾被发现的国土上，深入那些几乎从来没有夷族进入的偏远地方。当然，雇用一个甚至多个中国人牵马、向导、保镖，然后拍照留念，以作为他们曾经深入的证据，则是这些探险家们乐此不疲的爱好，也是一个值得炫耀的故事，看看那些到此一游式的留念图片，就会发现他们当年的那些小得意，到今仍可以扑面感到。

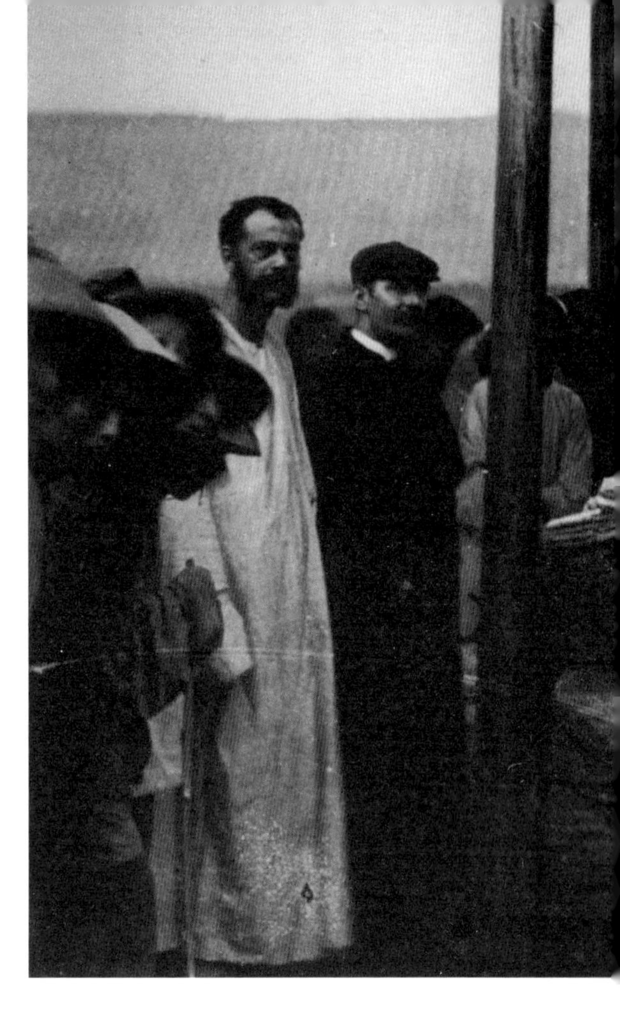

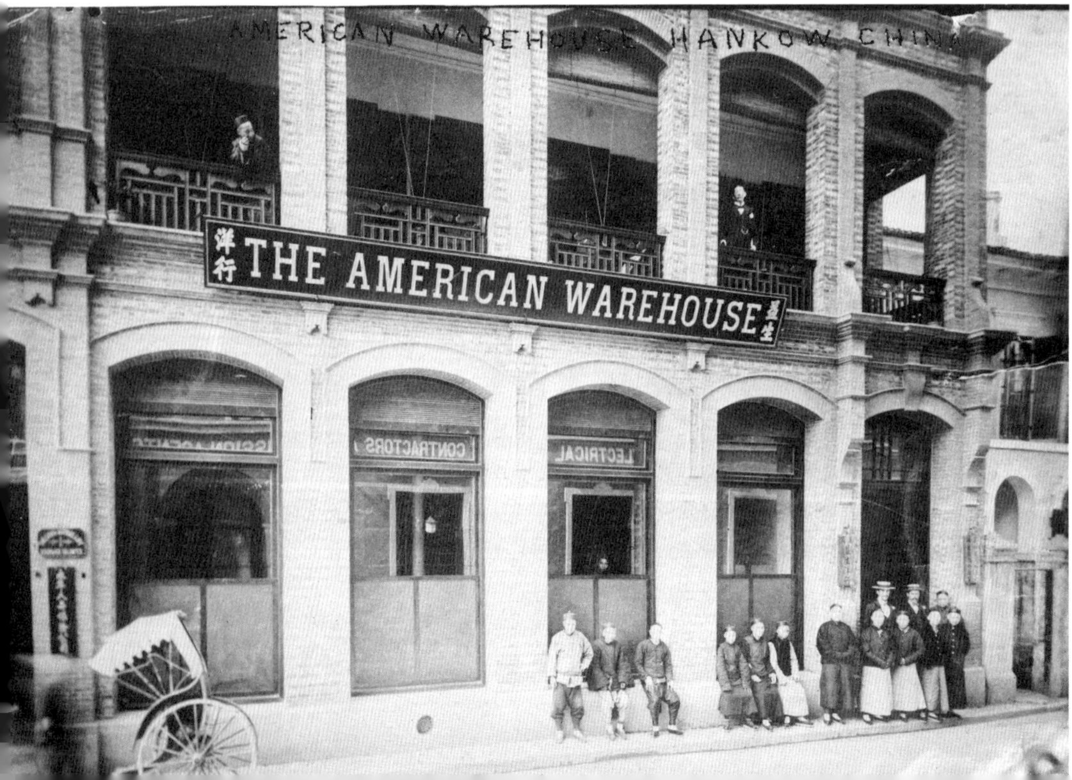
AMERICAN WAREHOUSE HANKOW CHINA
洋行 THE AMERICAN WAREHOUSE
CONTRACTORS
LECTRICAL

▲ 1909年中文版《新约》抵达重庆，可能来自苏格兰圣经会。

信仰的传播随着河水的流淌，慢慢渗入了中国内陆。大批量的中文《新约》在码头卸下。令传教士活动受阻的语言障碍被突破，基督教的福音便迅速播撒在中国老百姓干枯而又渴望的心灵之中。

◀ 位于汉口的美国益生洋行。自鸦片战争大清国门被叩开以后，外国在华洋行日益发展。据资料记载，出现在中国境内的第一家外国洋行为乾隆四十七年（1782年）在广州开设的柯克·理德行，至鸦片战争前夕已达150余家。1861年第二次鸦片战争后，汉口被迫开埠，英、法、德、俄、日等国相继在此设立租界，外商洋行的发展更加繁荣。甲午海战之后，洋行新辟承办军火之业务，美商益生洋行也位列其中。

新式学校，改革科举制度；第二折提议停止捐纳实官，裁撤屯卫、绿营等；第三折主张官员出国考察，编练新军，制定有关矿业、商业、铁路的法律和货币制度，翻译外国书籍等。1901年到1905年，清政府连续颁布了一系列新政上谕，基本以《三折》为蓝本。

1905年，到了清末新政的第五个年头，成果有哪些？清廷内部不断裁撤旧机关，但是同时又有新的机关产生。统治集团内部的权力再分配引起不断的党争，到新官制改革时达到顶峰，极大内耗掉了改革的士气和元气。新政策执行颇多掣肘，难以落到实处。1905年7月的上谕也承认，实施新政"数年以来，规模虽俱，而实效未彰"。

清末新政中最大成果是兴新学和鼓励商业。这客观上使得清王朝也搭上了走向现代化的国际班车，私人资本给社会注入了活力，培养了资本家群体，新学哺育了具有新时代精神的年轻人，古老的王朝从内在注入了新鲜的气息。

深度的改革映射到社会上，则充满了五彩斑斓的细节。满汉可以通婚，穿着宽阔大短裤的警察接管京城巡防，京津街头还安上了电灯，令人听之就毛发悚立的清末酷刑被废止，高级官员能够享受到洋人按摩和会所式的服务，习惯了跪拜的王朝也有了时髦的握手礼，就连慈禧太后也开始在她宽阔豪华的后宫里举行西式宴会，宴请驻华使节夫人们。

沿用1300多年的科举制寿终正寝

统治者认识到了自己的王朝已经是强弩之末、风雨飘摇，迫切地一口气推出了很多新政策，这期间有一项措施如果放在更为宽广的历史视野里去查看，重要性并不亚于其后结束清王朝开启民国的辛亥革命，而且几乎应该与著名的"五四文化运动"并称为20世纪初中国大地上具有划时代意义的文化事件，那就是废科举。

科举创自隋代，至此已历千年，其镶嵌于中国文化之深，就如同它所坚持的孔孟之道深被国人信奉一样。科举制度是中国古代社会所能想到的最好的人才选拔制度。至于后人颇为诟病的八股考试则主要是指其

▲ 西式学堂。自1901年来，清国政府下诏变法，还设立了督办政务处，专门负责“新政”事宜。在慈禧太后从西安回銮之前，清国政府即表明“惟有变法自强，为国家之命脉，亦即中国民生的转机”的决心。5月，张之洞创办湖北师范学堂。11月袁世凯创立北洋军医学堂。山东、河北、湖北等先后开展了一系列教育、警政、地方自治等改革的先例。莫理循曾说过：“中国如果能够不激起任何骚动便废除了那么久的科举制度，中国就能实现无论多么激烈的变革。”

林公學

◀ 1905年，广西桂林公立学堂运动会。这张图左边是省府大小官员，挤挤挨挨地站着，神色中未曾看到多少天朝威仪。洋学堂的学生们则穿着整齐西式制服，年龄参差不齐，前排几个最小的孩子看起来只有五六岁。人群中高高竖起的旗帜是各个新式学校的校名，依稀可辨的有“广西简易师范学堂”。早在晚清西学东渐之时代，清政府通令建设中西学兼习之新式学堂，设有经学、史学、地理、算学、博物、化学、兵操等科。建立新式学堂，增设兵操课程的目的在于“倡体育，讲五事，以继续革命力量”，这是自鸦片战争中国军事力量遭遇惨败以来国人心中永远不能释怀的阵痛。因此，学堂除教授必要之文化课程之外，还特别注重学生的体育教学，校内各种运动器材均相当完备。从这次运动会的盛况，也可以窥见当时新学堂的蓬勃之气。

▲ 1905年部分中国首批官派留美幼童聚会时合影。自光绪七年（1881年）全部官费留美学生94名幼童返回中国，至此已25年左右，中途辍学和去世的有32名。这批学生中最有名的是詹天佑，他勘查、设计了京张铁路。而他们中的许多人都将在随后的历史中成为风云人物。留美幼童回到国内，也自成一个圈子，他们不时聚会，甚至联姻。此为他们某次相聚时的一个合影，当年的留美幼童已入知天命之秋。

▲ 在美国生活的中国留学生，由内而外改变了一个封闭国家的秀才形象。他们身着笔挺的西装，系着领带或领结，清一色戴着礼帽，甚至手里拿着拐杖，已然习惯了绅士的装扮。

Il est né le Di-vin Enfant Jouez hautbois

◀ 教会的修女给女子学校的学生上音乐课。这是较早一批接受西方乐理教育的中国人。1860年以后，西方传教士开始大规模地来到中国从事宣教工作。随着传教的深入开展，一些教会学校应运而生。到1900年，在华的几乎所有重要传教中心都开设小学。在当时，这些教会学校开设的课程，对落后的中国来说，具有意义重大的启蒙作用。而西方传教士开办的女子教育，在19世纪下半叶对当时中国社会重男轻女的封建体制是一个很大的冲击与挑战。它突破了几千年来的禁锢，开了中国女子受学校教育的先河。在教会女学的冲击下，国人也开始逐渐重视女子教育，由国人开办的女子学校在少数大城市相继出现。

▲ 1909年，汉口医学院第一批4名毕业生。虽然仅有4名毕业生，但他们的历史意义在于其身为中国从事西方医疗工作之先驱。虽然身着长袍马褂，脑后还垂着长辫，但桌上的显微镜已表明了西方医学精确、实证之科学精神。

过分局限的考试内容。

清末新政一开始就有“举新学”一项，还不至于废科举，两者相容于一个屋檐下大约5年，在内容上、制度上彼此相斥，由于科举有成为官员的诱惑，对于推行新学有很大的阻碍，统治者遂决定下狠心舍弃科举制。

1905年9月2日，朝廷诏准袁世凯、张之洞奏请停止科举，兴办学堂的折子，下令“立停科举以广学校”，使在中国历史上延续了1300多年的科举制度被最终废除，科举取士与学校教育实现了彻底的脱钩。

废科举让无数的举人、秀才失去了未来，他们再也不能够通过考试进入到拿国家薪俸的官员队列里去，这等于砸了读书人的饭碗，从此他们只能拥挤进入动荡社会的三教九流中，实际上他们很多成为了革命人士。废科举等于重组了社会结构，对晚清政局有重要影响。

伴随废科举，清朝统治者设立全国学堂事务的管理机构——学部，在各地筹办新学堂，使得新学教育铺展开来。另外，在已经向外派遣留学生的基础上，再督促各省筹集经费选派学生出洋学习，对自备旅费出洋留学的，与派出学生同等对待。为统一管理留学生工作，清政府分别在1902年10月31日和1906年10月2日派出总监督赴东洋和欧洲。

北洋军会操组委会发明“方便米”

八国联军攻陷北京城时，他们面对的是手持弓箭、双刃剑和牛皮盾的清国勇士。不管是政府的清兵还是义和团勇士，他们都装备简陋，但有充足的气魄，甚至戴着丑陋的面具，还发出令人毛骨悚然的狂吼。但那时候的旧有军队只是空有气魄，不过现在，大清国的练兵方式已经大不同了。

编练“新军”是清政府“新政”的主要内容之一，于1903年12月4日设立练兵处，实权为袁世凯所掌握。袁抓住“练兵”“筹饷”两项要政，奏请拨款100万两，编成北洋六镇。同时，还担任参预政务、督办关内铁路等要职，羽翼遍布朝廷内外，死党分据要津，成为左右朝政的又一权臣。

1905年阴历六月，袁世凯督练的北洋新军六镇正式成军，清廷决定举行一次大会操，以壮国威。各国使节、武官、记者夹杂着间谍蜂拥而至。由于人员太多，修饰一新的接待府衙人满为患，一些人只好住在满是虱子跳蚤的小客栈。为使军人吃饭方便，相当于临时大会操组委会的阅兵处还研制了一种行军蒸米。他们把上等大米淘净，以水浸泡50分钟，干湿相宜后再用蒸笼蒸熟后阴干。需要时用水泡20分钟后即可食用，被称为“方便米”。

洋人们突然发现，这支袁世凯麾下的七万常备军如此军容严整、装备精良。尖檐的军帽，卡其布军装，质地优良的陆战靴，还有威风凛凛的毛瑟枪。他们学会的不仅是如何使用洋枪洋炮，还有如何对抗。大清国其余18个省也陆续建立了这样的军队，总数近百万。不过这些精壮的士兵们，并非是朝廷供养，这也是区别于旧军队极为重要的特点。

从曾国藩的湘军、李鸿章的淮军开始，已经开始明显带有私人军队的性质，粮饷层层下发，命令层层传递，兵只听将命，将只听帅命，而且一旦换了将帅，马上指挥不灵。清末新政中，各地督抚筹款练兵，这其中，实力最强大者当属北洋六镇，也可以说是袁世凯。

袁世凯以兵起家，籍贯河南项城，字慰亭，家族殷实有权势，早年投靠淮军将领吴长庆，拜吴门幕僚张謇为师。随军入朝鲜时，得朝廷重用，初显军事才能，但真正声名鹊起却是在天津小站练兵，袁世凯以德国军制为蓝本，制订了一套完备的近代建军方案，启用了天津武备学堂毕业的冯国璋、段祺瑞、王士珍、曹锟、卢永祥等，他们也是北洋六镇的骨干将官，“小站”这个名不见经传的小镇，成为中国日后各自雄踞一方、相互征伐不已的军阀武夫们的摇篮。

到北洋六镇初练成，清廷中并非没有人看到袁世凯权倾朝野，野心勃勃，必将威胁王朝安宁，但朝廷上下，能懂兵事，又兼知洋务，更身体力行者唯此一人，慈禧太后还指望着他再兴王朝大业呢。

清廷内部向来权斗激烈，但袁世凯不同时期却得到李鸿章、翁同龢、荣禄、张之洞、奕劻等权臣的一致认同和保荐，写史者多归纳为袁

▲ 袁世凯自1895年小站练兵以来，十年时间内，新军从两镇扩展到六镇。1905年，北洋六镇新军全部练成，新军已达七万之众。这支西洋化的军队，从入伍、训练、武器装备和教员完全按照德国营制和操典进行。1911年武昌首义，袁世凯被清廷委任南下进剿，北洋新军一举攻下汉阳、南京等地，最终袁世凯也凭借他控制的北洋新军的实力成为中华民国最有权势的人。袁死后北洋新军派系分裂，成为此后数次军阀战争的主力。

▲ 中国近代的现代化陆军筹建于1894年，驻屯小站，以西法训练，称“定武军”。1903年设中央练兵处，由袁世凯具体操办。进入民国后，袁世凯筹办的新式陆军称“北洋新军”，主要由北洋武备学堂毕业生和淮军旧部组成。其中淮军的军装仍沿用从前，士兵要缠头，以包裹辫子。照片中即已经装备了当时最先进的德国毛瑟枪的北洋新军中的淮军。

▲ 照片上的清军拿着木枪在训练。处于渐变中的清国军队从衣着上仍然令人感觉这是一支古代军队，只是他们开始拿起了新武器，但那些武器不过是一杆供训练用的木枪。而这一切的改变都只缘于中日甲午战争中方惨败而引发的中国军队不得已的变革。

时在督办军机处任职的袁世凯从北京前往天津小站，肩负起朝野内外一直呼吁的督练新式陆军之重任。袁世凯深谙清朝官场积习，四处活动、重金贿赂，关键之棋是舍弃了一手提拔自己的恩师李鸿章。短短两三年之后，小站训练的新建陆军便初见成效，开始为世界列强所关注。选贤任能，唯才是举，奖掖青年，鼓励后进之法锻造了小站班底，成为后来北洋军阀政治集团之核心骨干，北洋军阀集团亦在动荡的清末民初，影响政局十余年。袁世凯于风云变幻的晚清时代纵横捭阖，更依赖于倾其心血培养的王牌军。袁世凯于小站所创建的武备学堂，亦以培养出5位总统、9位总理、30位督军的骄人成就扬名四海。

▲ 一支北洋新军部队正从北向南通过北京公安街。从走在最前面旗手所举的旗来看，这支部队是步队左翼第一营，统带段芝贵。袁世凯督建的北洋新军，主要由北洋武备学堂毕业生和淮军旧部组成，他们采用德国的训练方法，而军装样式则借鉴了当时的日本。从照片上可以看出，无论是帽子、上衣、绑腿，还是肩、领章的样式，都是仿效日本。

◀ 1906年，彰德秋操时，外国军官在品评中国军官的新型欧式军礼服。袖章与肩章显示这位军官的军阶是最高一级即正都统（上将）。据巴克斯所记，一年前新军军官已剪去辫子。此军官的辫子不知是真是假。按当时规定，礼服军帽仍为清式高帽。

▲ 1908年，光绪三十四年太湖秋操中的气球侦察队。

“秋操”全称为“秋季军事操练”，是清廷检阅新军编练结果的军事演习。新军秋操次数甚少，光绪三十四年的“太湖秋操”是最后一次。在此次秋操中，第八镇、第九镇新成立的气球侦察队，正式参加军事操练，这也是中国近代军事航空的发端。以熊成基为首的安庆革命党人意欲趁此次秋操之机发动起义，惜被老谋深算的安徽巡抚朱家宝察觉，把有革命党嫌疑的新军留在安庆不动。革命党人又改为趁秋操安庆城内防守空虚发动起义，而秋操还未开始，公历11月15日，光绪帝驾崩，次日，慈禧也随之归西，朱家宝匆匆回宜，熊成基等的起义部署完全被打乱，改为趁“国丧”之乱于19日晚起义，由于朱家宝早有防范，加上敌强我弱，起义失败。

▲ 尽管新式陆军仍存在着诸多问题，但北洋陆军、湖北新军和河南新军在1906年秋天进行的彰德会操仍然成为晚清军队一次堪称完美的演出。彰德秋操参加部队总兵力33958人，战马2743匹，接济车、弹药车898辆，部队运动区域2000余里，战线长40余里。如此规模与阵势，也让当时的媒体不吝美词：“此次大操，地方官吏修缮街道，大街一带各业店铺亦令涂饰一新，各店均悬灯结彩，高揭国旗，宫保（袁世凯）并由天津派来巡捕四百名，分布巡逻，市街之整洁，人民之肃清，诚中国内地之初见也。”彰德秋操让袁世凯的军事生涯达到了前所未有的顶峰，也加速了他从这个高峰跌落。彰德秋操一结束，晚清的官职改革进入到白热化阶段，以铁良为首的清贵族对袁世凯坚决打压——1906年11月6日，清政府正式公布了厘定新官制方案，否定了袁世凯等人提出的废除军机处、设立总理大臣的方案。规定废兵部，设陆军部，铁良为陆军部尚书，将袁世凯的军权剥夺。

▲ 1906年，京汉铁路全线通车。甲午首败之后，清廷颁布上谕，力行实政，铁路则为重中之重。1895年12月，清政府谕令铁路商办。无奈国库空虚，张之洞募集商股多方受阻，盛宣怀借洋债填补款源，比利时一举夺得卢汉铁路（即京汉铁路）的贷款权。1906年4月1日，京汉铁路全线贯通，汉口在长江流域的经济地位迅速提升。京汉铁路通车之后，营业发达，余利颇丰，全国人民纷纷要求收回铁路主权。迫于压力，清政府拨款500万两白银并大举借债5万英镑，终把铁路赎回。

善于巴结奉承，对人心揣摩费尽心机，肯不惜重金收买。但善于巴结权贵者遍地都是，为何晚清和民国交错的历史上，唯袁世凯一人站在各种势力交错的中心点上，历史一再出现“非袁莫属”的局面?

黄色新闻小报0.5美分一份

社会上的缓步开放可以从这时候的报业发展看出端倪。1906年，美国安德森公使在《纽约时报》写下了大清国新闻业的种种：“考虑到在中国的西方人其实还是相对少数，这里却有着如此多的外语出版物！”

这时候的上海一共有五份日报：三份早报，两份晚报，其中一份是法语报纸。上海还有着六份外国周报，其中一份是德语报纸。当然它还有一堆形形色色的中文周报。

“一般来说，所有外文报纸都卖4.5美分一份。订阅的价格则是每年15美元，邮资另算。与此同时，中文报纸才0.5美分一份。”安德森获得的数据具有一定代表性，至少反映了上海的情况。

除此，全国还有相当大一部分的报纸是宗教类报纸，大多数是中文的，由目标和利益诉求都不同的传教士或教会负责编辑出版。

安德森默默观察着这一切，无法掩饰自己的惊奇。“这十分有趣，此刻的大清国正在走着几十年前美国新闻出版行业已经走过的路线。整个帝国的报纸都是从各地不同的口语和方言用语习惯开始的，或多或少都有着本地特质。结果则是大量不负责任的出版物涌现，并且被它们的投资者用于保持报纸的新鲜口味。就像在美国很多小报呈现的很多‘黄色新闻’。”

起源于19世纪美国的黄色新闻是一种品质低劣、没有灵魂的新闻。它不但不能主持社会正义，传播准确的信息，反而编制谎言、腐蚀人的灵魂。这时候大清国的乱局与怪象聚合，让安德森不得不把这些混乱的报纸和美国的黄色新闻联系在一起。

事实上，不只是新闻出版业兴旺发展，还有这时候刚刚诞生不久的电影。

▲ 这张照片拍摄的是焚烧鸦片的场景。在19世纪，鸦片几乎充斥了中国社会的各个阶层，通常用来舒缓神经或排遣无聊。它也被看作是富人的药，因为用鸦片治疗非常昂贵。鸦片被视作国家的绊脚石，主要因为它花费高昂，并常常和“懒惰”同义。瘾君子的生活总是坐着躺着，走动只是为了得到更多的鸦片。结果，公民们只能通过焚烧鸦片的抗议方式来表达他们的民族情绪，以及对抗鸦片带来的奢靡，就像照片中的人一样。

▲ 纽约街头的华人，用中国传统的庆贺方式——舞龙来庆祝美国独立日。1776年7月4日，大陆会议在费城正式通过《独立宣言》，标志美利坚合众国从此诞生。独立日游行活动深刻展示了根植于美国的政治自由。舞龙文化也随着移居世界各地的华人华侨传播开来。

▲ 同治六年(1867年)，英国长老会派越约翰牧师到泉州传教并建立堂会，成立“中华基督教会闽南大会泉州区会”。光绪元年(1875年)，基督教英国长老公会泉州堂会成立。牧师陈宣令，泉州新教领袖，是英国长老会任命的第一位中国基督徒。他于光绪十二年（1886年）就任泉州南街礼拜堂第一任牧师，由此拉开泉州基督教会自传之帷幕。照片中是他和传教士大卫·格兰特医生在一起。英国长老会在传教过程中创办了许多学堂、医院，成为西医医疗技术传入泉州之始。长老会透过医疗配合传教，同时以教育来启蒙沿海民众对世界的认知并提升信仰质量，一步步确立了教会的根基。

1906年8月，《纽约时报》记述了《电影在中国》。“大清国统治者，羞于使用这种设施。”电影放映设备是被中国官员进献的，用于慈禧太后的娱乐休闲活动。

其实，慈禧太后并非第一次接触摄影设备。任庆泰开了著名的丰泰照相馆之后，他曾经进宫给慈禧太后拍过照。

电影进入中国也早于这个时候，任庆泰在北京前门外大栅栏，开设了北京最早的影院“大观楼影戏园”，放映外国影片。就在1905年，任庆泰还购买了一架法国手摇木壳电影摄影机、14盘胶片，开始尝试拍摄中国人自己的电影。

大清国女性的解放从脚开始

1907年初，受西方文明的影响，为了让大清国妇女有更大的自由，清廷颁布了诏令从此禁止妇女裹小脚。然而，大清国女人们已经习惯了追求“三寸金莲”之美。西方媒体禁不住试想，如果美国国会要求妇女们停止缠胸和束腹、提臀，那些追逐时尚的女人们就会因此马上停下来吗?

但，清廷另有一套办法，立刻又颁布诏令：大清国所有官员，若其妻子女儿有缠足者不得在政府里任职。于是，为了丈夫的政治前途，这些官员的妻子们也会像美国政客的女人一样，控制住自己的爱美之心。这个诏令方才有效。

清国女人的缠足，是将正常发育的脚背扭曲折断，用长长的布条紧紧裹住，再穿上精致的绣花小鞋。美其名曰：三寸金莲。这其实是父权社会体制下压抑女性人权的习惯，以及审美观的异化。

大清国女性的解放，从脚开始。慈禧太后还自掏腰包，拨出私房钱为大清国女孩们修建学堂。但是，付得起高昂学费却缠了足的女孩，一律不得入学。

事实上，慈禧太后自己一直是个大脚女人。她从未缠过足，她甚至作了很多努力来纠正和解放这种习俗和这些可怜的女人们。在1907年之前的二十多年里，最有声望和才情的文人们也曾用笔呼吁过，抵抗过，反对这种习俗继续束缚女性的个体权利。基督教传教士们，甚至其他宗教团体，也都使出浑身解数，极力阻止这种严苛、不合理的习俗，但往往都无济于事。

西方人了解大清国习俗的第一件事往往就是妇女们缠足。而中国女孩要听说西方女性什么事的话，应该也是美国女孩要束腰。

这个有关小脚的禁令引发人们关注、追逐、热议，当然也有抵抗和反复。但最终，大清国人必须意识到，如果新建女子学堂能够培育出更多西方文明影响下的新式女性，并且致力于来推翻这些统治了人们几千年的旧习俗，这将有着其他任何事情都无可比拟的价值。

▶ 在西方人的眼里，满族妇女显得更加美丽和优雅。因为满族妇女有更大的自由，从不裹脚，是自然的小脚，有“金头天足”的美称。每个人的鞋面上都有精美细致的绣花，连仆人也不例外。另外，她们的服饰也更加雅致，旗头、发式、耳坠、领边显露出精心装扮的痕迹。照片上六位正在用餐的满族妇女兴致各异，或拿小杯啜饮，或盛小碟品尝，用餐礼数在齐备的餐具中便可窥见一斑。侍立两侧的一老一小两个仆人似乎面无表情，小仆人手里还提着一把圆润的铜壶。

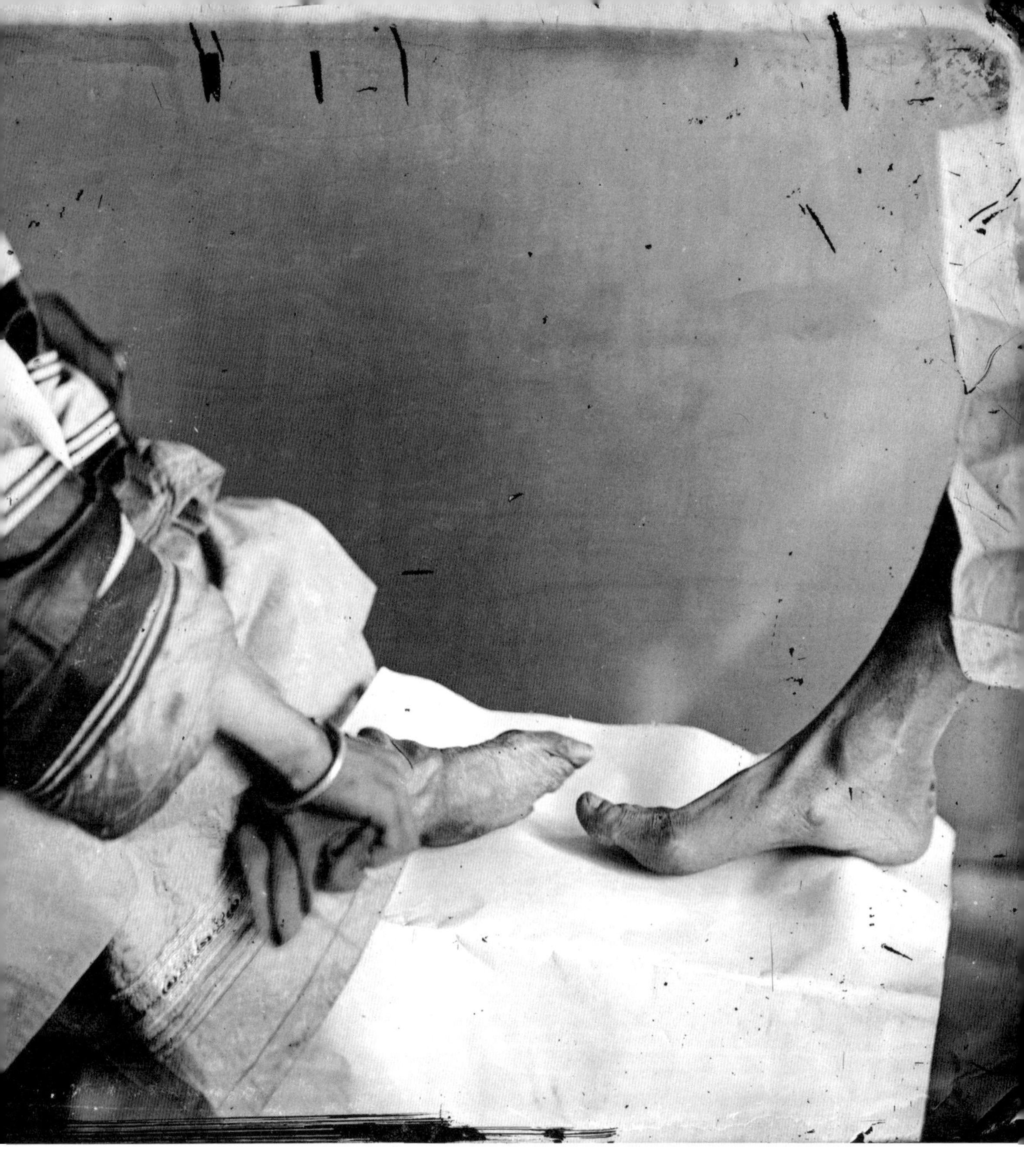

▲ 厦门女人的裹脚和天足。中国妇女的裹脚是外国人很感兴趣的一个现象，尤其对摄影师来讲，这种奇特的“自残”行为深深吸引他们去纪录和探究。汤姆逊说过，中国人告诉他，不可能纯粹通过给钱来让女人解开裹脚拍摄的。最后，汤姆逊是在厦门一个很开明的中国人的帮助下，才得以在一个私下的场合拍摄了这张照片。但无论汤姆逊怎样努力，也说不动这位妇女再把衣服掀高一些来拍摄她畸形的踝骨了。

▲ 摄影师甘博的照片《裹脚》。照片中描绘了一位母亲将她的手放在女儿的脚上，要用布条给她裹脚。这个古老的传统叫作缠足。直到20世纪初，如同照片中一样的女孩子们必须经历脚趾被压断并深深陷进脚底板的过程，才能符合社会对于女性“三寸金莲”的期待。这个过程极其痛苦，造成了女性的终身残疾，使她们只能步行小段距离。尽管如此，这个将女人局限于家庭的传统仍旧非常流行的原因在于它象征着女性的贞洁。直到1901年，远在西安的慈禧终颁懿旨“至汉人妇女，率多缠足，行之已久，有乖造物之和。此后，缙绅之家，务当婉切劝谕，使之家喻户晓，以期渐除积习。断不准官中胥役借此禁令扰累民间”。但旧习如同当初刚缠足之难推行之时，依然难在民间推之。

◀ 民国初期，女子教育开始走出家庭式教育。在这张照片中，我们可以同时看到三个显眼的要素——教室设计上的西式学术标准，众多的中国女孩子在同一个学习环境中，以及教室后方悬挂的耶稣画像，所有这些都显示出中国在那个时期将要发生的变化。在传教士的帮助下，许多在中国的学校向女子开放。然而，非基督教徒的中国人并不愿意接受外来者强加的教育观念。因为很多家庭担心受过教育的女子会不那么贤良，所以女子教育面临的挑战就是让这些传统的强硬派相信接受教育是有益的尝试。尽管如此，传教士坚持招收来自社会底层经济困难的女孩子，期盼让中国妇女树立一种全新的尊严。在20世纪之交，女子接受教育开始更多地被认可。

▲ 中国最早的留学生随传教士走出国门。西方传教士在中国不仅开启了女子的智慧，还将她们带出国门，睁眼看世界。从1881年宁波人金雅妹走出国门开始，中华女子留学已有132年的历史。她们冲破家庭束缚的勇气，横扫了“女子无才便是德”的性别歧视传统，在公共劳动中获得了独立精神和觉醒意识。而在教会学校之外，至1907年中国才开始有了第一批的官派女留学生。

▲ 在中央公园嬉戏玩耍的中国女童。女孩子们穿着纯洁的白裙子，拉着手在中央公园广阔的草地上转圈、欢笑，好奇的眼神张望着摄影师的镜头。这群幸运儿，在民国时期便去美国接受西式教育，而在中国土地上，还有很多女子忍受着缠足、蒙昧和无知的痛苦。

▲ 1907年英商上海电车公司雇佣的工人在南京路上铺设电车轨道。这是上海也是全国第一条有轨电车线路，从静安寺铺设至上海总会，沿线为主要商业街，全长6.04千米，1908年3月5日正式落成通车。

五大臣立宪考察火车站遇袭

清末新政几年间，最明显的受益人是民族资本家。趁着这黄金时期，以张謇为代表的一批实业家声望日隆，他们在势力崛起过程中对政治体制改革也有了新的期望，并且通过他们与当权者的体制内联系不断施加影响助推政治革新。日俄战争所形成的“立宪国打败专制国”的舆论则成为重要的催化剂，一场轰轰烈烈的清末立宪运动即将登场。

立宪主张由清朝驻各国公使群体最先提出，得到直隶总督袁世凯、湖广总督张之洞、湖南巡抚端方等地方重臣支持和上奏，使得慈禧太后相信唯有立宪，才能够保皇家尊号永固，朝廷于是打算先派大臣去西方考察一番。

在各省筹捐了80万两白银考察经费后，清廷选定的五位考察大臣准备上路了，考察团兵分两路，第一路在1905年9月24日打算从北京正阳门火车站登车出发。出发前，大臣们和社会贤达前来送别，人潮涌动，场面热闹，然而一声爆炸声突然响起，人群便乱糟糟炸开了锅。原来革命党人吴樾抱着暗杀救国的想法，怀揣一个自制炸弹混上了火车。后果是，吴樾当场死亡，考察大臣略略受了伤，但无疑这天是出发不成了。

不过箭在弦上不得不发，清廷让袁世凯再缜密地安排了行程，考察团再次出发了，一路由载泽、尚其亨、李盛铎等人赴英国、法国、比利时、日本等国家，另一路由戴鸿慈、端方等去往美国、德国、意大利、奥地利等国家。1906年春夏之交，考察团归来，上奏朝廷立宪已是国际大势。

考察团骨干成员端方秘密联系了自己的老朋友梁启超，这位坚定的立宪派精神导师奉上了一份立宪规划蓝图，这个蓝图也包含了立宪派代表人物杨度等人的思想结晶。当考察团成员将立宪蓝图带回，并把自己亲眼所见各发达强国欣欣向荣之状描绘给清廷当权者时，统治集团中的开明官僚连同海内外立宪派形成了“共振”。与此同时，民间势力代表张謇上下活动，也在极力为立宪造势。

1906年9月1日，清廷宣布《仿行立宪上谕》，谕令各地高级官员开始着手立宪准备工作。这极大地鼓舞了立宪派势力。当年12月，预备立宪公会在上海成立，主要成员为江浙工商界代表和当地士绅。同时，广东粤尚自治会、湖北宪政准备会、湖南宪法政分会、贵州宪政预备会和自治学社纷纷成立，这几乎形成了全国性的立宪政治力量，有着明确的目标、强大的财力后盾和政治活动能力。在日本，梁启超成立政闻社，杨度组织了宪政讲习会，声援国内立宪运动。

《仿行立宪上谕》宣布第二天，王公贵族、地方重臣坐在了一起，他们将要面对立宪的第一个难题，改革官僚体制，而这意味着新的权力分配。

丁未政潮中的“PS”大案

到了1905年，清廷中反对新政和立宪的官员已经不多，但是一旦立宪开始推进，实际的问题随之到了跟前。要立宪，必从新官制入手。这是因为立宪后，君主将从具体的行政事务中超脱出来，相应地交给责任内阁，这意味着曾经依附于君主的朝廷班子也将随之裁撤。那么，原来统揽王朝军政大权的军机处大臣和六部众官都到哪里去呢？

第一个改革方案费时一月出炉，主要由袁世凯谋划，核心内容是取消军机处，代替职能的内阁设立总理大臣1名、左右副大臣各1名，加上各部尚书11人组成。等到这个方案拿到桌面上来谈时，醇亲王载沣勃然大怒，继而和袁世凯唇枪舌战，甚至还掏出一把手枪，打算射杀袁世凯，被左右拦了下来。

新官制反对派甚至煽动太监起来闹事，他们四下传言新官制要裁掉内务府，宫廷太监们将会被新的服务人员代替，这个王朝宫廷的特殊群体闻风而动，不停地到慈禧太后面前哭诉，甚至闹起了罢工，把慈禧搅得寝食难安，不得不对反对派作出妥协，新官制规定了五不议原则：军机处事不议、内务府事不议、八旗事不议、翰林院事不议、太监事不议。

袁世凯当时在全国立宪派当中是一个位高权重的旗手，但他更是弄权高手，官制改革中的宫廷之斗他栽了大跟头，不但得罪了一大批人，还被夺了北洋六镇军权，差回天津去了。他便趁着载振被清廷委任为东三省试行地方官制改革的钦差大臣路过天津之机，暗送唱梆子女伶杨喜翠于下榻房间，又派人狠送军机处领班大臣奕劻（载振父亲）银票，博得了父子两人欢心，遂东三省所新换主政官均为北洋心腹将官，又找个加强边防的借口把北洋主力部队调派东三省，北洋实际军权又牢牢地掌握到了袁世凯和其心腹的手里。

军机大臣瞿鸿机对此了然于胸，这位出身科举固守清廉的军机大臣被晚年的慈禧甚为倚重，他对袁世凯不仅有深度的不信任，还有从心底的蔑视。他联合了另一位受慈禧宠信的地方重臣岑春煊。岑因为在八国联军逼着朝廷西逃中率兵救驾得慈禧宠信，长期担任两广总督，是地方督抚中唯一稍能制约袁世凯的力量。瞿、岑长期秘密联络，抓住袁世凯大肆行贿送色给奕劻父子之事后，岑春煊突然进京，希望联合扳倒奕、袁两人。

但是双方的权斗白热化后，形势急转直下。本来慈禧已有意罢免受贿的庆亲王，派员追查，但是瞿鸿机竟然把慈禧的意思告知了西方记者，谕令未下已是满城风雨，这犯了慈禧的大忌，瞿鸿机反被免职。而岑春煊则被对方用当时的高科技打败。奕劻密令自己的女婿端方操办，在上海的照相馆伪造了一张岑春煊与康有为、梁启超的合影，编造他们合谋密谈。对岑春煊向来信任的慈禧看到照片后，大怒，立即免了岑的官职。

这是发生在1907年的政治风波，加之此段时间围绕跑官买官和各种利益结党营私，言官攻讦之事密集，史称“丁未政潮”。

这使得当权集团内部分裂，极大内耗了改革的动力，结果是每一步改革无不是前后掣肘，难有大步向前。与此同时，民间的改革诉求只能愈加积压，立宪派已经迫不及待地要求召开国会，在1907年9月至1908年8月发起了声势浩大的国会请愿运动，清廷决定将之前宣布的12年预备立宪期限缩短为9年。清廷依然是被动地坚持谨慎、渐进的革新，而革命党人呢，他们不停地鼓与呼，揭露清政府的腐败无能以及立宪改革的虚伪，革命始终和清廷改革在赛跑。

◀ 第十三世达赖喇嘛（1876～1933），摄于印度加尔各答。莫理循于1907年在达赖喇嘛入京觐见时与之会晤。十三世达赖名土登嘉措，西藏佛教格鲁派（黄教）领袖。1895年（光绪二十一年）8月亲政。1908年，达赖奉旨入京，觐见光绪帝和慈禧太后，商讨藏事，并由清廷颁给金册。达赖又于雍和宫会见英公使朱尔典，表示友好互利。1911年，清朝灭亡，达赖受英国指使，派达桑占东潜赴西藏组织暴动。而当英国人再度要求进藏时，十三世达赖喇嘛以“藏人智识未开，恐启疑虑致生意外”为由，回绝了英国人的要求。

▲ 20世纪初，上海租界内外侨鉴于上海人口日益增长，市面渐趋繁华，发展公共交通成为急待解决的问题，便酝酿成立电车公司。1905年，英商上海电车公司成立，着手铺设从今南京路口至延安东路外滩的电车。上海自开通有轨电车之后，较宽阔的街道都陆续铺轨通行了电车。未通电车的街道，大都因路幅较狭窄，不能适应铺轨的需要。相比之下，无轨电车不用轨道，省事又省钱，因此后来居上，得到了较快发展。1914年11月15日，上海第一条无轨电车线路在公共租界内通车。至1927年，英商电车公司共拥有电车285辆，其中有轨电车及拖车共100辆，无轨电车185辆。至于法租界，则要到1926年10月才通行第一辆无轨电车。1963年8月15日凌晨零时17分，最后一辆有轨电车末班车从静安寺开出。等候在南京路两旁的工人、干部和解放军战士等这一辆最后的有轨电车开过，立即撬掉电车钢轨。在南京路上行驶了整整55年的上海第一条有轨电车线路结束了它的历史使命。3时52分，第一辆20路无轨电车离开静安寺起点站向外滩方向驶去。南京路上的交通揭开了新的一页。

▲ 法国驻华公使馆的汽车一开上街便引起中国人的围观。人们纷纷争睹汽车，有胆大者上前触摸，也有围观者因刺耳的喇叭声而吓得夺路而逃。1907年3月，法国《晨报》提出要举办一次“北京–巴黎汽车拉力赛”，这在当时可谓是个惊人的创意。然而更让人惊讶的是，清朝政府最终同意放行。这无论对哪一方来说，都称得上是一次巨大的冒险。1908年春，商人吴远献请求官方同意在北京开办汽车市内交通，官方虽然以“京师地面街道狭窄，马路尚未修齐”为由拒绝，但仍然认为“汽车行驶极速，向称便利”。而在上海等马路通畅的地方，到了1911年，至少已有数百辆汽车。可见，此时的国人已经接受了先进的生活方式，并日益将之融入自己的日常生活之中。

▲ 一张寄自大清国都城北京的明信片上，三个少年在极具仪式感地吸着长烟。一位跪着的少年正在帮忙摁烟草，另一位则聚神疑视。明信片上写着四个汉字：初练吸烟。

远居北京城的洋人们在通信的时候，喜好把他们看到的清国奇异的一面——刑场杀人、戏台或者奇异服装的官商之家，包括这种少年擎长烟袋吸烟的行为，作为对这个国家认识的一部分，制作成明信片，寄往国内。

1908~1911

1908～1911
崩 溃

孤独的改革派皇帝驾崩

1908年，大清国的11月很悲伤。《纽约时报》11月14日的北京消息宣告：大清国光绪皇帝在这一天下午5点多去世。

慈禧的病情同样严重，她甚至在知道光绪皇帝病逝的消息时几近崩溃，至少给外界造成的印象是她对这个皇帝心存慈念。尽管大家都认为，独裁者皇太后也许才是光绪离世的一个隐约的原因。与此同时，她自己的灵柩也已经在宫内准备就绪。

但在大清国的百姓看来，统治者的灰飞烟灭似乎对他们没有什么影响。也因为这个统治者光绪太过于孱弱，以至于只能做一个傀儡。他不仅一直以来都受病情困扰，还常常在惊恐和绝望中饱受折磨。他甚至在8月就对人们宣布，他，疯了。

据宫内一份诏书，自从1907年秋，光绪皇帝就一直病着，精神恍惚，没有食欲，夜不能寐。而这一次，是彻底地病去，不再回来。11月14日、15日，西方媒体都在急于核实统治者之殇的消息。可是依据清廷通常会隐瞒皇室成员死亡消息的惯例，外务部在这两天都矢口否认皇帝的归西，以至于西方观察家们议论纷纷，莫衷一是。但一般人还是都认为，统治者已经去世，可能就在头天晚上，可能更早。

这个薄命的统治者自从童年以来就很孤独。清廷不可能让他有很多童年的快乐。1876年5月，小皇帝就开始接受各种启蒙教育，从早到晚。到了结婚年龄，也是被慈禧下诏安排好结婚对象。刚刚完婚又开始亲政，定时向他的姨妈，就是慈禧太后汇报。他孤独地成为傀儡，几乎等于被囚禁。他被无数条条框框约束着，不能表达自己。1898年好不容易支持改革者，就被慈禧太后罢黜。

而这一次，改革派取得了有限的胜利，这个孤独的改革派统治者却离去了，连离去的背影都那么孤独。他一生中只爱着珍妃，那个女子被慈禧下令丢进了皇宫深井，他名义上的妻子隆裕皇后在他心中是慈禧套给他的枷锁，皇宫三千佳丽都不曾为他生下一子一女。

民间传说年轻的皇帝怎么这么轻易地死去，如果不是那个嗜权如命的母后所害，也一定是有什么人做了恶毒的手脚，这个人便是袁世凯，他和小站的新兵们在戊戌年跟光绪结下仇怨，如今权倾朝野的他怎么可能让宿敌成为主子？如果他买通宫廷太监，在体弱多病的皇帝吃的饭食或者汤药里稍微做一些手脚，他就再也没有什么权力羁绊了。传言的后续故事里还包括，光绪帝临死遗嘱只有两个字：“杀袁”。

国际舆论则饶有兴致地等待大清国的声明和外交上的改变。“光绪皇帝驾崩，曾推动改革功不可没”成为头条标题。但很快就有人指出，作为傀儡统治者的光绪皇帝离世可能并不会对政局造成多大的影响，当然，如果慈禧太后去世就不会这么简单了。

独裁者慈禧的陪葬品是一辆轿车

这些西方人都没有想到，这么快，这个猜测和分析很快也成为事实。伦敦《泰晤士报》11月15日的消息如下：

> 大清国慈禧太后在今天去世。大清国皇帝刚刚于周六去

世，他们两人死亡时间如此之近，不免让人产生疑虑。人们怀疑这种事情的背后可能有谋杀。而刚刚死去丈夫的皇帝遗孀对其他人而言无足轻重。

清国皇帝死亡的直接原因据说是神经衰弱症。当快断气时，皇帝陛下拒绝让别人把他搬到长寿宫去，这违背了大清国的先例。因为每当清国统治者死去都会被指定放入这个宫殿。终于，他还没穿上这种场合应该穿上的寿衣就断气了。

慈禧皇太后于11月15日下午2点去世。

1861年以来，她一直在操纵大清国的政局。这期间没有任何人可以逾越她、阻挠她。1881年来，“再没有人反对过她”。这是一个很强大的独裁者。

溥仪已经被清廷宣布成为新的统治者。事实上，他是大清国摄政王醇亲王的儿子，刚刚3岁。大清国这时候显然有了很多改变。

外务部正式对西方人宣告了皇太后的死亡消息。京城里的红色消失了，取而代之是严肃的蓝青色。不容易动情的百姓似乎还是被强势独裁者的死所感染。皇宫里散发出讣告，也正举行祭奠仪式。

《纽约时报》说她“就像俄罗斯的凯瑟琳·麦迪西（即女皇叶卡捷琳娜二世）和英国的伊丽莎白那样，完全是凭借毫不动摇的残忍本性来获得并保持手中的权力。并且同她们一样，她也对周围人保持着不可思议的神秘”。

她自幼聪明伶俐，年轻时曾有“天地一家春”之名，是艳盖其丈夫咸丰最宠爱的四位汉族姑娘的唯一一位满族女子，但她眼里只有权力。咸丰去世后，她一步一步地接近权力。从垂帘听政开始，慈禧开始用顽固和冷酷无情给大清国带来不幸和灾难。因为慈禧对权力的追逐，清王朝继续维系了48年。但这个没有什么知识与眼界的女人为了权力，完全截断了任何聪明果敢的领袖出头的机会。大清朝末年，在慈禧的操纵下，登位的都是性格温和的皇帝。光绪有改革的心，却缺了点儿狠辣，无法对抗慈禧。她一直隐藏在光绪皇帝的背后操纵他，是幕后的铁腕人

◀ 慈禧太后死于一个现代科学文明已经光临中国的年代，但她死后葬礼上所演出的却是具有几千年历史的古老礼仪。早在8月，就已经烧过大量用纸糊的冥财。这些东西都代表了她所心爱的财物，做工精巧逼真，惟妙惟肖。它们包括钟表、梳妆台、烟杆，以及一大群纸糊的假人，后者将在冥间伺候慈禧太后。另外，纸糊的新军士兵也排成队列，它们将于举行葬礼两天之前在紫禁城至宫门之间的某个地方被焚烧。按照一般的说法，它们都是被派到冥府去打前站的。
▼

物，“直到死，她的愿望和决心一直都是不向西方屈服，但她的这种愿望和决心一直妨碍着大清国的觉醒”。

但是，在她的强硬之外，她也曾经允许一位美国女画家凯瑟琳·卡尔为她画肖像。在宫中居住了一年多时间后，在凯瑟琳看来，慈禧是“非常面善的女人，容貌看上去要比实际年龄年轻许多，脸上永远带着胜利者自得的微笑”。

西方媒体往往擅长描述慈禧太后的独裁和极权主义风格，但也承认她所具有的“不仅是维持权势必须有的冷酷、坚定的意志以及冷血的统治手段，她还是一位有一定才华的诗人，天性幽默，有艺术天分”。

对于荷兰阿姆斯特丹《电讯报》记者亨利·博雷尔而言，1909年是不那么平凡的。他想不到自己竟然可以在一个王朝消亡之前目睹“她”的下葬。

这分明是大清国末年最浩大、最豪华的葬礼，彻底终结“老佛爷”时代的仪式。他们烧掉大量用纸做的冥币、士兵，和慈禧生前最喜欢的玩物。她会被入葬到她生前就为自己造好的豪华陵寝里。作为陪葬品的纸士兵并非清兵，而是穿着欧洲兵服的西方军人；那些被烧掉的交通工具不是马车，不是轿子，而是一辆优美的欧洲生产的布鲁厄姆轿车。

帝国最后的政治班底

慈禧临死前，立嘱将权柄传给了爱新觉罗·溥仪——一个3岁的孩童。在皇家的登基盛典上，他惊恐地看着一齐跪倒三呼万岁的大人们。1908年12月2日，以溥仪登上清国皇位为界，帝国崩溃进入了倒计时。光绪的皇后隆裕成了皇太后，慈禧当年指定她为皇后，也因为她性格绵软好操纵，她并不嗜好权力，并不能像她的婆婆一样，成为一个强势的领袖。

溥仪的生父、光绪的亲弟弟载沣成为摄政王，监理国家大事。当年代表大清国出使欧洲的年轻人也不过几年光景，就成为帝国实际的统治者，时年25岁。载沣登上权力之巅的第一件事，是想消除爱新觉罗家族

▲ 1908年12月2日，时年尚不足3岁的溥仪即位称帝，年号宣统，由其父醇亲王载沣监国摄政。4年后的2月12日，宣统皇帝被迫宣布退位，满清王朝终止，结束了对中国长达268年的统治。图片上的醇亲王载沣与其子溥仪（右）、溥杰合影。这个站着的清秀的3岁孩子，在这一年，成为了这个国家的主人，而他也因为这个名字开始了自己奇特的命运。

▲ 载洵步出位于德国柏林的阿德龙酒店。1908年，3岁的溥仪继承皇位，溥仪的父亲载沣成为摄政王。载沣上任后，为加强皇权，任用少壮派贵胄掌控军队。他委派自己的亲弟弟载洵掌管海军，年仅22岁的载洵成为大清国最后一位筹办海军的大臣。年轻志盛的载洵甫一出任，即宣布了一个雄心勃勃的发展海军7年规划。为加快海军重建工作，清政府决定派载洵和萨镇冰赴欧洲考察各国海军发展情况，同时选派23名年轻的海军军官和海军学生随队前往英国留学，学习制造军舰和炮械。1909年10月16日，载洵一行从上海出发，先到意大利、奥地利，定造了一些炮舰和一艘特快驱逐舰。11月，他们到达德国柏林。载洵一行考察了德国的船厂、炮厂及海军各机构，并且定造了3艘驱逐舰和2艘炮舰。

▲ 载洵(左二)在中国驻欧使节的陪同下访问欧洲。马车上的中国人显得与柏林很不合时宜。载洵此次欧洲之行历时3个月余，从欧洲学到了不少海军建设的经验。

最大的威胁，杀掉羽翼已丰的袁世凯。经营官场人脉多年的袁世凯立即溜回大本营天津，躲进租界，直至张之洞力保他性命，朝廷一道圣旨以他患“足疾”为名把他打发回了河南老家。

戎马半生的袁世凯回到河南老家，定居在彰德府北门外的一个豪华大宅院，自称“洹上钓叟”，还特地托人给自己照了一张泛舟水上，悠闲钓鱼的照片，刊发在上海杂志，广而告之。暗地里，他在一个不起眼的角落架起了电台，稳坐在中国政局的岸边静待时变。

他被称为改革家、野心家、煽动家，但更重要的是，在西方人的视角里他是大清国最重要的政治家。李鸿章去世后的政治真空都被他填补起来，他找到了这个空当里大清国政治舞台第一主演的机会，并且毫不犹豫抓住了它。作为一位政治家，袁世凯因为立场多变而备受责备。在光绪将其信任压在他的肩上之后，袁世凯却倒向了保守派那一边，成为了慈禧太后的宠臣。可是在西方人眼里，他却是一个形象正面的改革家。1908年6月，他首次接受西方记者的访问时，主张自己的国家能适应西方的观念和体制。

袁世凯一直颇为小心谨慎，他一直牢牢地掌握着自己最大资本，就是苦心经营的“北洋六镇”。在河南赋闲在家的日子里，他维持着和北洋将官的联络。1908年的北洋六镇统制分别为何宗莲、马龙标、曹锟、吴凤玲、张怀芝和段祺瑞。

等到摄政王载沣无力掌控时局，袁世凯如猛虎下山一般再回到紫禁城时，清廷只剩下一个孩童和一个寡妇。

年轻摄政王为钱一筹莫展

1908年4月，又一次美亚新年酒会，依然是《纽约时报》的报道。伍廷芳发表的讲话已经与若干年前的大相径庭。他慢条斯理地对着中外绅士们提及：大清国已经和若干年前的自己割裂太多了，变化太多了。这个国家正在苏醒。他是对着所有怀抱商业梦想的西方人和大清国的爱国主义者说的。也是这次酒会上，人们达成一个共识：大清国永远是美国的朋友。

伍廷芳身着他的黄色官服，扎着紫色的腰带，晚餐期间他会主动离开座位（和商会主席坐在一起），四下走走，和老朋友们谈谈。当他走到新闻发布区，很偶然地被人要求摆造型给他画一张铅笔素描。后来，他一直坚持要求画画的艺术家一定要修改个别线条，以使素描上的他更好看。令中外客人难忘的是，这位对素描较真儿的大清国绅士，最后还说到：他对自己的国家充满感恩，因为偏见消散，正义崛起。

在光绪皇帝、慈禧太后相继去世后的第二年，中美贸易并没有过多阴霾。美国驻上海总领事田夏礼发表大清国对美国的贸易年报。单从1908年来看，美国从大清国进口茶叶的总价值达到1,954,891美元，其中88%的进口集中在7月1日至12月31日这段时间，即茶商们普遍最忙的第三季。虽然，这也是头一年大清国两位统治者离去的时间段，但是政局上的阴霾似乎没有影响到经济贸易。

《纽约时报》留意到，上海附近的蚕茧业也很发达。生丝以最快的速度被运送到港口，然后出口到其他国家。1908年上海出口到美国的生丝总额达5,250,216美元，下半年就占去86%。除了被清政府禁止出口的水稻，其他出口产品还包括了棉花、皮毛制品、草编织物等。通畅的对外贸易没有使得帝国的金库充盈起来。

大清国有一种层层压榨式的财政制度，既复杂又精密，的确是政府机关之间互相制衡的产物。而大清国的税务稽征系统通常包括以下名目：土地税、贡品、地方官税、盐税、厘金、海关税以及其他。所有这些类型的苛捐杂税加起来会有多少？1907年，大清国中央政府财政收入约为6800万美元，省级部门约1.16亿美元，地方行政部门约2800万美元，一共达2.12亿美元。

西方媒体很认真地梳理了大清国沉重负荷下的财政，最主要的目的是了解偿付能力。在1908年，户部银行改称为大清银行，开始了现代化的金融货币运作。帝国国家财政的账面上除了外债，就是新的支出项目。这让意图振兴皇族统治的年轻摄政王一筹莫展。

▲ 1909年，时年43岁的孙中山在上海。是年之前，孙先后策动发起钦州、廉州起义（3月），云南河口起义（4月），相继失败。光绪皇帝、慈禧太后先后去世，帝国陷入剧烈动荡。孙中山于是年在上海，继续筹措经费，密商广州新军起义诸事。此时的孙已岁近中年，沧桑已然写在脸上。

◀ 1901年春，孙中山全家在檀香山（即火奴鲁鲁）合影。

孙中山改造“黑社会”闹革命

孙中山改造“黑社会”的方法由来已久，最有名的莫过于改造洪帮闹革命。这是因为洪门在那个时代力量巨大，它的反满复汉也与孙中山早期的思想有接近之处。孙中山还派人在日本组织三合会，革命党人秋瑾就从属于三合会，还是帮会的元老级会员，入会仪式仿照洪门规矩，有刀架脖、喝鸡血、跨火盆。孙中山所领导的多次起义均与各地帮会有着千丝万缕的联系，甚至将帮会作为起义主力军。不过，孙中山的目的并非只是融入其间，而是用革命理论对其武装和动员，并由革命党人骨干从中统率。

以帮会形式联系组织武装起义隐蔽性强，适合在清政府对革命高度警惕的情况下发展会员，但是战斗力在正规军队面前无异于乌合之众。1907年至1908年，孙中山与黄兴在西南边境连续发动了6次武装起义，均难逃失败结局。其中的镇南关起义，孙中山甚至亲自发炮射击清军。西南一带的革命力量损失殆尽加剧了同盟会的分裂，遂有汪精卫刺杀载沣一事。与此同时，革命党人徐锡麟、秋瑾在江浙一带通过帮会形式再谋起义事，但同样失败，两个年轻的革命党人英勇就义。

接连的失败使得革命党认识到必须改变帮会起义的方式，同盟会的关注力开始转向新军，尤其是新军的下级军官和士兵，这在武装起义策略上是重要的转折。在这样的策略下，革命党人先后在1910年2月组织了广州新军起义，在1911年4月组织了广州黄花岗起义。尤其黄花岗起义，是同盟会几乎倾尽了物力、人力、财力所发动的规模最大的一次武装起义。

黄兴亲赴广东指挥黄花岗起义，总结了此前历次起义失败教训，又特别精心选配了一批青年党员骨干组成起义先锋敢死队，起初为500人，后增为800人。敢死队离家之时，纷纷写下与亲人的诀别信，其中，林觉民用清秀的小楷在一方手帕上写下了《与妻书》，字字啼血，成为绝唱。虽经周密细致准备，但南洋筹款走漏消息，让清军严加戒备；另外，革命党内统一指挥不畅，难有一致行动，致使锐力大减。激战时，总指挥黄兴右手被打断两指，敢死队奋勇当先，多少年少俊才在寡不敌众的对决中倒在了血泊里。牺牲者中72人遗骸被收葬于广州东郊白元山麓的黄花岗，即“黄花岗七十二烈士”。

至此，在武昌起义前夕，孙中山先后领导不下十次武装反清起义。孙中山一生，不仅在勇敢先行，而且始终矢志不移，屡败屡战，愈挫愈奋，仅此一条就铸就传奇。

皇族内阁，年轻贵族要收权

洋务自强时，当政者不肯自我更新；维新变法时，又碰上慈禧和光绪争权；到新政立宪，依旧私利障目。进步思想和行动始终局限于个体和小团体的范围，药效难达全身，又屡屡被分散释解，如何根治痼疾？等到裕隆和溥仪孤儿寡母接手残局时，局势已经无可挽回了。

摄政王载沣心底并非愿意断送祖宗江山，当政三年间，在社会经济层面上继续推进了新政，包括保持开放的对外政策，建立国家银行为代表的财政改革，大力气编练新军的军事改革，新学教育和卫生医疗等诸多方面也均有进步。但是，面对举国同呼的国会请愿，载沣愚蠢地强行镇压，所抛出的“皇族内阁”更是挫伤了依然对帝国保留某种心理认同的最为广大的士绅阶层，甚至丁旧体制内的官僚阶层的积极性。

1911年5月9日，清政府宣布铁路国有化上谕，立即遭到地方权势的抗议，统治集团没有意识到这样的利益纠纷最终成为汇聚各种反清力量的契机，演化为政治事件。清廷始终无视地方权利主张，多次严斥四川地方官赵尔丰平息辖内抗议潮。当抗议力量逐渐形成保路会，汇入革命党力量，并广泛联合地方实力派，清廷依然是高压的态势，最后的武装冲突不可避免，帝国统治在西南撕开了口子，这是革命派多次武装起义都没有达到的。清廷急调武装力量镇压，尤以湖北新军为多，而这为武昌起义的爆发提供了可能。

而后，湖北武昌城发生了一起擦枪走火事件。

在清朝

▲ 1871年，福州铜匠铺。在中国之行中，汤姆逊对中国工匠的精湛技艺印象深刻，很多手工艺人在他们破旧的门店里制作出了一个个奇迹。汤姆逊评价这些工匠是令人尊敬和不可缺少的人。在这个福州铜匠铺里，铜匠"能够充分利用金属的展延性把一个扁片打造成了形状各异的物品"。铜匠精湛的技艺估计也使现场的几个本地人着迷了，他们都目不转睛地欣赏着。

▲ 1868～1870，广州街头赌博。清末，赌风在中国盛行。由于清政府禁赌，更多的人开始转入地下活动，从此带来更多的腐败和犯罪。这张照片表现的是街头“苦力”的一种路边赌博，从几个人表情中可看出，少的是赌博的功利色彩，更多的是一种休闲放松。

▲ 苏州河也就是吴淞江，船民依水而居，河水就是生存的一切来源。船民还在辛勤劳作，或拉船，或淘沙，或捕鱼，被这个不请自来还带着奇异“炮筒”的外国人所吸引。他们好奇地张望着摄影师手中的镜头，决不会想到他们此时此刻的表情，会在彼时他乡展现在众人面前。

▲ 这对官员夫妇以盛装来迎接摄影师的拍摄。男子着正式官服、头顶官帽，正襟危坐，是标准的为官模样。官员夫人也以盛装配合，珠宝满身。两人繁复精美的服饰显示出两人家境和地位，在夫人华丽的衣摆下方，一双三寸金莲若隐若现，可见是一对汉族夫妇。两席之间是雕饰精美的三角底座茶几，上置刺绣屏风一块，孔雀在松柏之下缓缓开屏。屏风前有一尊小小的香炉，泛着金属温润的光泽。

▲ 七个练武术的民众。1908～1912年清末新思想的引进，让很多人认识到强身健体是改变命运的途径，遂聚众练习传统武术。但除了强壮的身体，还需要“德先生”和“赛先生”来武装头脑。

▲ 1880年左右，长江上的船只。船客们都是穷苦的百姓，他们呆呆地望着镜头，当影像被真实记录的那一瞬间，他们是否想过，这个瞬间会被传达到一百多年之后？

▲ 俄罗斯摄影师于1861年，在北京街头拍摄的夏日运水工与运水车。清朝的运水工或者赶驴或者推着独轮车，上面摆着几只木桶，里面盛满甘甜的泉水。据说明清两代的皇帝不爱喝城里的水，因为其味苦，因此运水工特地从玉泉山取得甘露输送到宫中。西直门就是明清两代自玉泉山向皇宫送水的水车必经之门，因此也有“水门”之称。摄影师镜头里的夏日运水工，运送着清凉甘甜的玉泉山水，自己却在烈日的炙烤下汗流浃背。

▲ 华林寺是广州佛教四大丛林之一，距今已有1400多年，历隋、唐、宋、元、明诸代，传灯不绝。1849年，该寺住持抵园和尚奉诏始建总面积为1364平方米的五百罗汉堂，除供奉三宝佛外，还陈列着神态各异的泥塑五百罗汉像，成为当时外国摄影师镜头的焦点。但汤姆逊却把镜头对准了这里住持的私人庭院，他介绍，这位华林寺的住持大半生时间都隐居在这里，他很喜欢养花，大大小小的盆景摆放了满满一个院子。其中一盆高高的睡莲，莲叶舒展，形成一小片荫凉。主持手拿蒲扇，另一手捻着念珠，来回踱步中度过了大多的时光。

▲ 北京街头购首饰的姑娘们。1872年。

▶ 照片拍摄的时间约为1900年左右，收录者的图片说明为“因责打妻子而受罚的丈夫”。但这张照片明显为摆拍，当时究竟发生了什么，已经无法考证。不过，百姓生活中的鲜活一景，倒是被完好保存了下来。

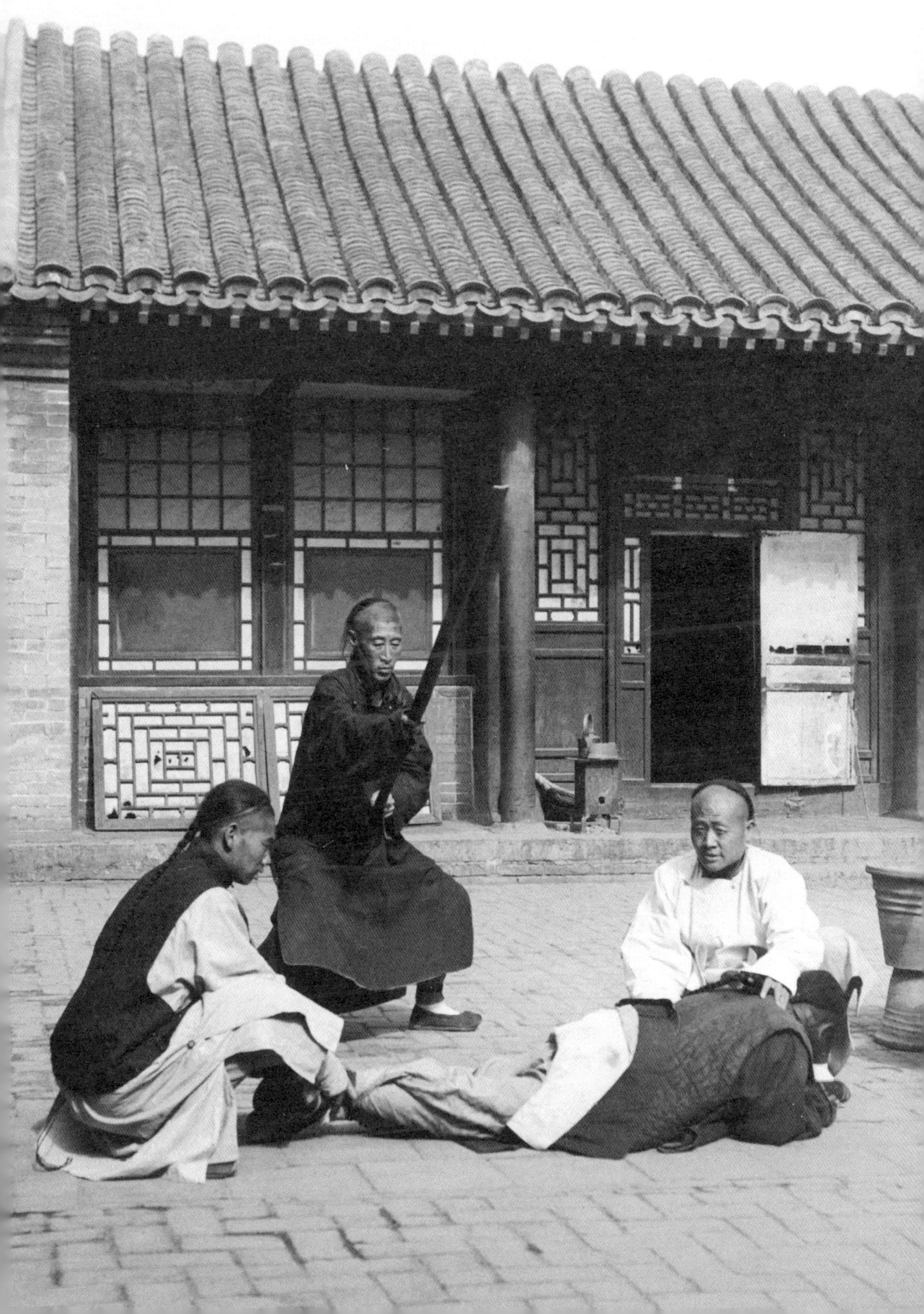

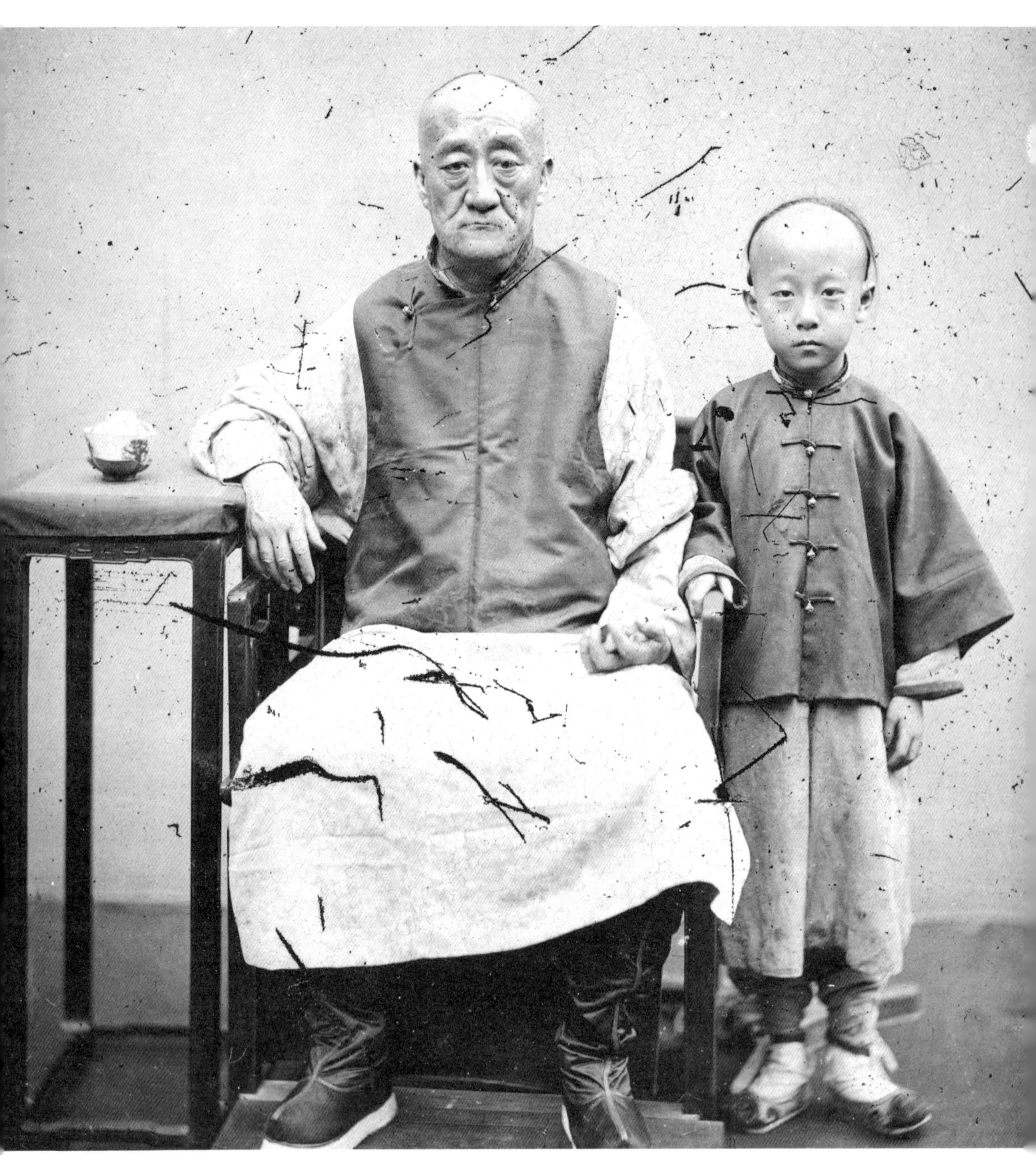

▲ 广州老者和孩童。典型的中国人照相构图，典型的广式家具（太师椅和方几）。长者的威严和孩子的顺从跃然纸上。但两者都没有什么表情，这种僵硬的模式和汤姆逊的肖像风格格格不入，他更喜欢把人拍摄得生动有趣，这可能是不得已而为之的情况。

▲ 北京的更夫。打更在中国是一门古老的职业。更夫每天夜里敲竹梆子或锣，提醒人们现在是什么时间，也提醒人们防火、防盗。这位姓王的旗人身穿破羊皮袄，手持竹梆，张大嘴巴似乎在喊：关好门窗，小心火烛！他是在北京一所法国旅馆工作的更夫。

▲ 北京景泰蓝制作。这是汤姆逊拍摄的北京制作景泰蓝的画面，汤姆逊了解到了景泰蓝的制作过程，并详细地记录下来。这家作坊，位于东交民巷法国使馆的不远处，老板是满族人。整个画面构图并不饱满，很有可能是当时的艺人为了保密，并没有给汤姆逊更多的拍摄机会的缘故。

▲ 1873年，北京的修脚师。这些修脚师不单单可以提供剪剪脚指甲等简单的服务，同时他们还是一个流动的脚医，可以根治鸡眼等各种脚病。整个画面生动有趣，把修脚师的认真、顾客的信任表现得淋漓尽致，尤其是从破败的门窗上伸出头的老者，口含大烟斗，平静地欣赏修脚师的技艺，为整幅照片增加了几丝情趣。

▲ 边界委员会中方代表以及詹姆士·威廉·贾米尔森上校、中国领事随从和中方顾问。光绪二十四年（1898年），中英双方勘划滇缅边界北段界线，共垒石堆界桩97处。英以领事詹姆士为代表，清朝则派出勘界大臣刘万胜。英国要求中国“于思买卡河(即恩梅开江)与萨尔温江(即怒江)中间之分水岭西境，不得有干预地方治理之举”，企图以伊洛瓦底江与怒江的分水岭高黎贡山为界，以达到侵占全部未定界地区的目的。此后英国始终坚持以高黎贡山为界。

▲ 清末有识之士如严复等对中国传统之刑讯逼供的审判方式进行过猛烈抨击，主张代之以西方先进之审判方式，允许辩护律师出庭参与审判。清政府通过翻译西方之法学著作与法典，派遣考察团前往西方国家实地考察审判方式，从感性上了解西方法律制度，并寄希望于建立与西方接轨之审判方式收回丧失的治外法权。清末的县衙里，专门设有刑房，主管全县民事、刑事案件，负责堂审记录、现场勘验、收贮刑事档案等事务。在西方人的镜头中，清末法庭内，审判正在进行：法官手执惊堂木，怒目呵斥；书记员秉笔直书，一丝不苟；官差、控诉官位列两侧，已具有现代法律审判程序之雏形。公堂之上悬挂着“春风大雅能容物，秋水文章不染尘”的对联。

▲ 清代对弓箭的重视程度超过历史上任何一个时代，其中之一源于弓马骑射是满族的传统习俗，另一方面则因弓马骑射为满族人入主中原立下了汗马功劳。清朝帝王多以“弓矢夺天下”为祖训，弓马骑射亦是清武举之主要考核内容。随着清末西方列强以坚船利炮打开天朝大国的城池，传统弓箭在兵备中的地位则摆脱不了被冷落的结局。弓箭在清代由极盛转为消亡。

▲ 小站地处天津咸水沽南约10公里，甲午战争之后的光绪二十一年（1895年），袁世凯接替胡燏棻，奉旨在此督练“新建陆军”。他在原10营近5000人的“定武军”基础上，增募新兵2000余人，聘请了多位德国教官，一律采用外国新式武器装备，并制定全新之营规营制、饷章、操典。清末欧洲诸列强在其印刷的中国地图上均标注这个叫小站的镇子，在此方圆52平方公里之地界内，袁世凯奠定其一生事业之基础，自此以后袁某声名鹊起，扶摇直上。

▲ 近代以来，西方文明以坚船利炮敲开中国之大门，以上海为首的一批通商口岸，成为东西文明对抗的角力场。同治年间，自行车传入上海，从此成为娱乐性代步工具。1868年11月的《上海新报》记载了自行车的便利：兹见上海地方有自行车几辆，乃一人坐于车上，一轮在前，一轮在后，人用两脚尖踮地，引轮而走；又一种，人如踏动天平，亦系前后轮，转动如飞。文人用竹枝词表达对自行车的好奇与惊叹："前后勾联两车轮，不须手挽踏芳尘。前后单轮脚踏车，如飞行走爱平沙。朝朝驰骋斜阳里，飒飒声来静不哗。"来华洋人中意骑游天下，每每引大批华人驻足观看，蔚为壮观。

▲ 1895年，根据《马关条约》，日本派军前来接收台湾，台民气愤不已，誓不事倭，各地纷纷组义军抵抗，原驻台湾总兵黑旗军名将刘永福留守台南指挥全局。5月间，日军登陆基隆，十天后即占领台北城，并以为几日便可攻陷全岛，不料大军南下不断遭受义军阻击，行至嘉义，日军被迫停止军事行动以便由本土增兵，至10月始占领台南，日军竟然花了半年的时间才攻下全台，台民反抗之激烈可见一斑。照片上是日据台湾时期，日驻台官员乘轿下乡巡视。

▲ 1870年的中英炮兵营，《远东杂志》摄影。鸦片战争前后，清军中的制式火器主要为火炮、抬枪和鸟枪，五六百斤以上至八九千斤的重炮配置于海防要塞和各炮台；四百斤以下的为轻炮，但式样大多陈旧，且年久失修，质量低劣。鸦片战争后各地陆续购入新式军械，江南大营中就有数目不少的洋枪洋炮。然而近代炮兵的含义，远不止新式大炮的使用。新式的军械在陈旧腐朽的操练方式和队伍编制下，成了华丽的点缀。引入西式的操练、作战方式和相应的编制体例的进程，远落后于炮舰引入的速度。照片上是炮兵营操练的间隙，士兵和长官们席地而坐，或是倚靠在炮车上，队伍中竖立着交错的枪支，而士兵的面目呈现出的是一丝倦态和木讷。

▲ 火车和铁路作为人类征服自然的伟大成就之一，最先诞生在工业革命的故乡——英国。随着鸦片战争使得清廷门户洞开，铁路也从遥远的英伦三岛延伸到了东方。1876年英国怡和洋行在上海修建了淞沪铁路，是中国土地上的第一条铁路。铁路竣工，英方人士得意地坐在车头和车厢工棚里合影留念，象征技术和霸主的地位。中国人则站在镜头中，神色好奇。淞沪铁路全长30里，搭客载货，一时业务兴盛。但随即出现的重大伤人事故始料未及，引起舆论喧哗。清政府最终出手28万两白银高价购回该铁路，全数拆除，用船运往海上，随即抛弃。第一条中国土地上的铁路，就这样结束了短暂的生命历程。然而清末关于外资修建铁路的纷争，才刚刚拉开帷幕。

▲ 1870年的上海西门和城墙。上海的贸易急剧上升，租界生活安全而自由，让人愉快。1859～1860年间太平军东征，对上海的西方人来说都是有惊无险。倒是西方人趁机攫取了至关重要的上海海关控制权。海关外每天都会卸下大量的货物，一批一批运往租界内，上海的发展就在这一点一滴中积累起来。

▲ 上海开埠通商后，迅速成为西方人在远东的乐土，相对而言，比广州更让人感到可亲可爱，因为他们在这里遇到的麻烦远比广州少。19世纪40年代西方人在广州得不到的东西——入城、租地、建立租界等权益，在上海比较轻松地得到了。进入19世纪50年代以后，西方人继续在上海投石问路，试探上海的发展潜力，而形势比他们想象的更好。

敵艦靖遠號沈沒後黄島南西ノ海上ニ輻湊セル諸艦

右方ノ巨艦ハ濟遠號、其左方上部ニアル二隻ハ砲艦、著シク黒煙ヲ吐クハ鎭遠號、其右端ノ下方ニアルハ砲艦、其左方ナルハ平遠號、中央ナルハ廣丙號、其左傍ニアル一隻ト右端ノ上部ニアル一隻ハ砲艦、遠山ハ劉公島其右麓ナル一帶ノ屋舍ハ市街、左麓ノ海濱ナルハ黄島ナリ

明治廿八年二月九日撮影

▲ 照片上的日文翻译如下：右方的船是济远号，左上方两只吐着黑烟的是镇远号，右下方是炮舰，左下方是平远号，中间是广丙号，其左侧及右侧上部的是炮舰，远处的山是刘公岛，右岸一带的房屋是街道，左岸的海滨是黄岛。

▲ 1898年，建威号驱逐舰下水仪式。建威号是福州船政局造出来的性能最好的军舰之一，也是福州船政局的第37艘舰船，由船政监督法国人杜业尔（Doyere）监造，花费60多万两白银。图片中可以看到工人们正在拆掉棚架。木栅栏外有几艘小船，上面也许是前来看热闹的百姓。

▶ 1890年，德国埃森梅喷射击场，段祺瑞（右二）及德国教习瑞乃尔（左一）等合影。“中法战争”爆发后，清廷急需培养更多现代化军事人才。1888年冬，清政府拟遴选5人到陆军强国德国学习军事与造炮技术。备受李鸿章赏识、毕业于天津武备学堂的段祺瑞以第一名的成绩获准到德国留学。照片即是段祺瑞等5名中国留学生与教官在德国埃森梅喷射击场学习时的合影。段祺瑞在德先是在柏林军校学习为期一年的军事理论与操练课，尔后到世界著名的军火工厂——克虏伯兵工厂主要学习弹壳加工、炮管膛削、各类炮的使用和保养等知识。在修习德国先进军事技术的同时，段氏也深受西方民主思想的影响，对清廷的陈腐没落深恶痛绝，所以才有了后来的“三造共和”之壮举。1890年秋天，25岁的段祺瑞回国，历任北洋军械局要员、威海随营教习、炮兵营统带等职，在督办新式军事教育、培养炮兵、厘定练兵章程和操典等方面作出了诸多贡献，“在同辈中推军事学第一”，与冯国璋、王士珍三人被称为“北洋三杰”。

▲ 清朝驻防士兵多以原始的冷兵器为主要武器，以刀、矛、箭、弓最为常见。各省的本地士兵在装束上与朝廷正规军大相径庭。他们既没有千斤铠甲，也很少大炮火枪，手中的武器似乎是尖刀与长矛的组合体。还有新装备的军铳或洋枪。

▲ 一位手拿长杆烟枪的清朝官员视察洋枪队的训练。这个不中不西的滑稽场景复制着正在改革的帝国的日常场景。所有的现代化努力在中国都这样被消解了。清军装备的近代化始于淮军。1862年李鸿章率淮军抵达上海，在与西方军队以及洋枪队(常胜军)共同镇压太平军的过程中，他开始认识到用洋枪洋炮来改进部队装备的重要性。首先在部队中组建洋枪队，次年又组建了洋炮队，逐渐淘汰了旧式武器。此后，随着洋务运动的发展，淮军、湘军、练军以及部分绿营兵和八旗兵，均装备了从欧洲进口或中国军事企业仿制的近代枪炮。尤其值得注意的是，清军的装备基本上能够随着西方武器的发展而不断更新，特别是淮军，其更新速度之快和近代化程度之高，在清军各部队中是首屈一指的。冷兵器的淘汰和后膛枪炮的采用，是晚清军队武器装备的一次历史性革新。不过，清军平时极少训练，即便是训练也是应景之作。正是因为腐败，晚清军队难逃失败的命运。

▲ 当日军攻至平壤城的外围防线玄武门时，驻守平壤的清军奉军统领左宝贵毅然朝服冠带亲上城头作战，最后不幸阵亡，成为甲午战争中中国军队阵亡级别最高的将领。图中为守在军营门口的士兵，坐姿松垮，军容不整。

▲ 从花园口向金州进军过程中，日军高级军官在野地侦察。日军装备彼时已胜清军数倍。现代化的日军与仍处现代军事开蒙的中国军队之争，一开始即已分胜负。

▲ 19世纪70年代，库克上校率领的宁波“卫安勇”。这张由沃森少校拍摄的训练场景所述的是太平天国运动中，上海、宁波一带的政府曾组织由外国人训练和带领的地方武装，并装备以西式枪炮，类似警察组织。

▲ 满洲之战，步兵第一联队第一大队侦察队抵达营口的外国人居住区。

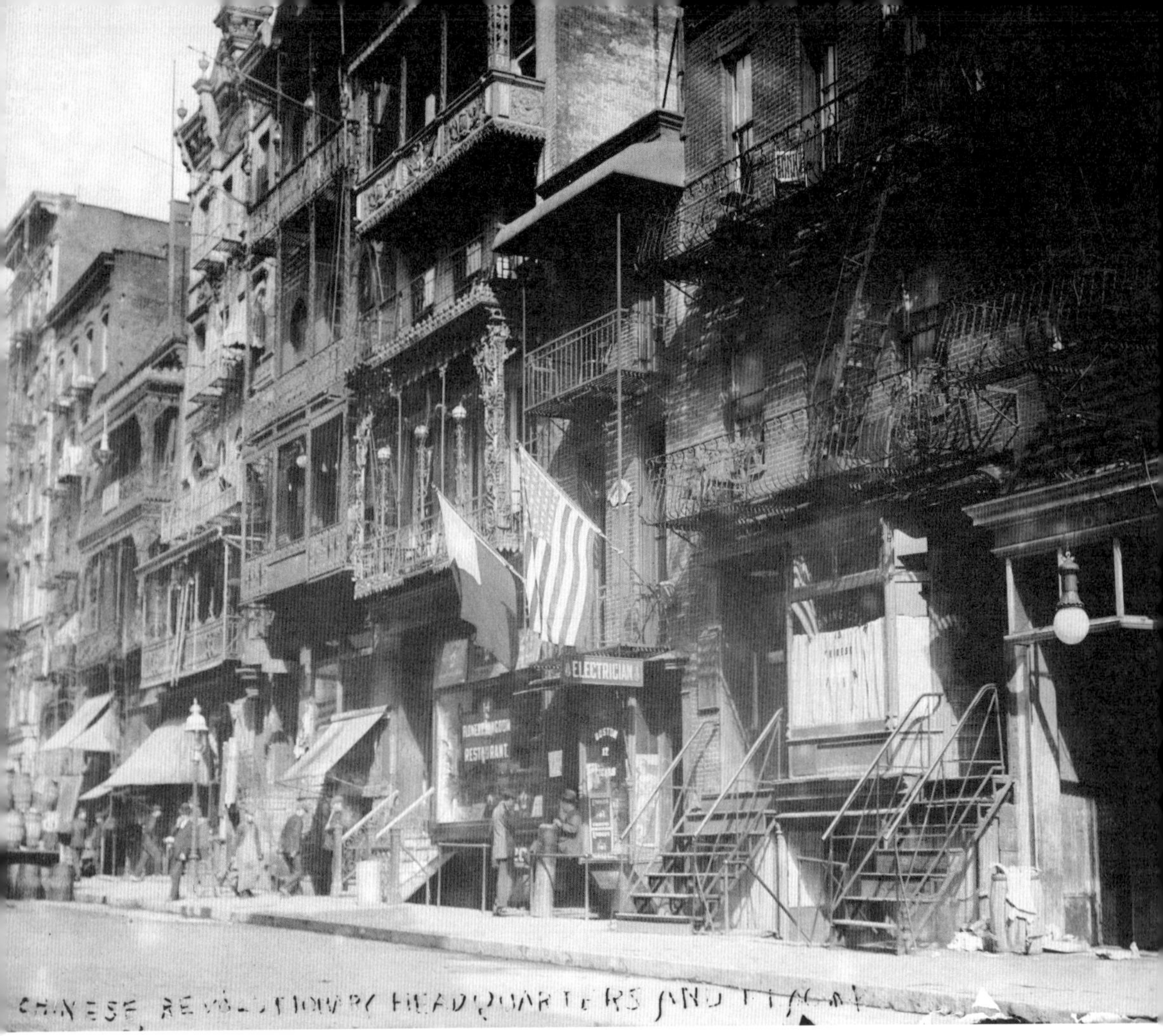

CHINESE REVOLUTIONARY HEADQUARTERS AND FLAG

▲ 上图：20世纪初，在美国檀香山，一支由中国华侨组成的棒球队鼎鼎有名。这支声名远扬的棒球队，创始队员中有冯恩赐与陆树阶。至1907年，檀香山华侨棒球队的水平突飞猛进，在岛内已所向披靡，甚至可以和美国最有名的海陆军和加拿大棒球队一较高下。随着辛亥革命的爆发，远在檀香山的华侨棒球队也受到革命的影响。其中许多华侨青年加入到革命者的行列中，几年后，华侨棒球队烟消云散，照片中的男儿个个精神抖擞，英气逼人，壮志凌云地投身革命事业。

◀ 左上，左下：1894年11月24日，甲午海战中国连遭败绩，孙中山在美国夏威夷檀香山成立兴中会，以“驱除鞑虏，恢复中华，创立合众政府”为宗旨，以期振兴华夏。孙文痛心于“堂堂华国，不齿于列邦；济济衣冠，被轻于异族”之积弱现状，创建以进行资产阶级民主革命为职志的政治集团。1905年同盟会成立后，兴中会并入其中。

▲ 从左至右：载涛、载洵、载濂。

贝勒载涛，醇亲王奕譞第七子，光绪帝同父异母之弟，宣统帝之叔。承继奕譞弟弟钟郡王奕詥为嗣。于宣统二年（1910年）赴日、美、法、德、意、奥、俄七国考察陆军。载涛曾留学法国索米骑兵学校，专修骑兵作战科目。一生爱马，1949年后曾任中国人民解放军炮兵司令部马政局顾问。载涛为京剧票友，武功扎实，既能长靠又能短打，更擅猴戏。

贝勒载洵，醇亲王奕譞第六子，光绪帝之弟，宣统帝之叔。承继瑞郡王奕志为嗣。宣统元年（1909年）任筹办海军大臣，并赴欧美考察海军。辛亥革命后在北京、天津闲居。

贝勒载濂，惇亲王奕誴长子，后承继惇亲王，初封一等辅国将军，累进辅国公，袭贝勒，加郡王衔。光绪二十六年（1900年）因其弟端郡王载漪纵容义和团在清华园内设坛而被革职、革爵。

▲ 青年时期的孙文，于香港西医书院读书期间，常与陈、尤、杨三人聚首于香港中环歌赋街24号的杨鹤龄祖产商店杨耀记，畅谈太平天国之遗事，仰慕洪秀全之为人，倡言革命，鼓吹共和。

杨鹤龄（1868~1934）（左一），字礼遐，广东香山（今中山市）人。与孙中山同村，自幼相识。1895年加入兴中会，后受孙文之邀担任总统府顾问。

陈少白（1869~1934）（右二），原名闻韶，广东新会人。1890年入读香港西医书院，与孙中山拜盟为兄弟。1895年参与组织香港兴中会，筹备广州起义，事败与孙中山、郑士良逃亡日本，成立兴中会横滨分会。

尤列（1866~1936）（右一），字令季，广东顺德人。曾先后参加广州起义和惠州起义的筹划工作，辛亥革命后，反对袁世凯称帝。

参考报刊书目

本书在写作时，参考并使用了以下报刊文史资料。

1.费正清（美）等编，中国社会科学院历史研究所编译室译：《剑桥中国晚清史1800—1911年（上、下卷）》，中国社会科学出版社，1985年2月版。

2.李剑农：《中国近百年政治史》，武汉大学出版社，2006年10月版。

3.李剑农：《戊戌以后三十年中国政治史》，中华书局，1965年7月版。

4.郭廷以：《近代中国史纲》，格致出版社，2009年4月版。

5.李刚：《大清帝国最后十年——清末新政始末》，当代中国出版社，2008年9月版。

6.雷颐：《走向革命——细说晚清七十年》，山西人民出版社，2011年1月版。

7.张海鹏、李细珠著：《新政、立宪与辛亥革命：1901—1912》，江苏人民出版社，2005年11月。

8.张功臣选编：《历史现场：西方记者眼中的现代中国》，新世界出版社，2005年11月版。

9.郑曦原：《帝国的回忆》，当代中国出版社，2007年1月版。

10.萧功秦：《危机中的变革：清末现代化进程中的激进与保守》，上海三联书店，1999年1月。

11.侯宜杰：《20世纪初中国政治改革风潮》，中国人民大学出版社，2009年8月版。

12.张鸣：《重说中国近代史》，中国致公出版社，2012年2月版。

13.黄仁宇：《中国大历史》，三联书店，2007年2月版。

14.何伟亚：《英国的课业：19世纪中国的帝国主义教程》，社会科学文献出版社，2007年12月版。

15.蒋延黻：《中国近代史》，上海古籍出版社，1999年12月版。

16.美国《纽约时报》等报刊。

本书部分图片资料来源：

伦敦维多利亚与阿尔伯特博物馆（The Victoria and Albert Museum, London, UK）；大不列颠及爱尔兰皇家亚洲学会（Royal Asiatic Society of Great Britain and Ireland）；德国威廉港市档案馆（City Archive in Wilhelmshaven, Germany）；英国伦敦维尔康姆图书馆（Wellcome Library, London, UK）；美国坎布里奇哈佛燕京图书馆（Havard-Yenching Library, Cambridge, USA）；怡和集团（Jardine Matheson Group）收藏；中国第二历史档案馆；盖蒂图片（Getty Image）；小川一真（Ogawa Kazuma）；樋口宰藏（Higuchi Saizou）；澳大利亚悉尼新南威尔士州立图书馆（The State Library of New South Wales, Sydney, Australia）；美国华盛顿国会图书馆（Library of Congress, Washington, USA）；美国华盛顿史密斯森尼博物院，弗瑞尔博物馆和赛克勒博物馆（Freer Gallery of Art and Arthur M. Sackler Gallery Archives, Smithsonian Institution, Washington, USA）；方苏雅（Auguste François）；英国伦敦大英图书馆（British Library, London, UK）；美国华盛顿史密斯森尼博物院贝林中心，国立美国历史博物馆档案中心（Archive Center, National Museum of American History, Behring Center, Smithsonian Institution, Washington, USA）；H. C. 怀特公司（H. C. White Company）；中国国家图书馆；法国罗歇-维奥莱图片社（Roger-Viollet）；美国杜克大学图书馆（Duke University Libraries, USA）；美国国家档案馆（National Archives）；德国联邦档案馆（Bundesarchiv）；澳洲国家档案馆（National Archives of Australia）；“中央通讯社”（The Central News Agency）；中国国民党党史馆。

本书中部分图片因年代久远以及版权人变更关系，无法联系到版权方，请版权方与本书编者联系，以支付稿酬为谢。

图书在版编目（CIP）数据

有图有真相：20世纪中国史：1900 ~ 1910 / 师永刚，何谦，东亚编著．-- 福州：海峡书局，2014. 4

ISBN 978-7-80691-840-1

Ⅰ．①有… Ⅱ．①师… ②何… ③东… Ⅲ．①中国历史—1900 ~ 1910—通俗读物 Ⅳ．①K252.09

中国版本图书馆 CIP 数据核字 (2013) 第 143544 号

有图有真相：20世纪中国史：1900 ~ 1910

编　　著：师永刚　何谦　东亚
责任编辑：庄　鸿
特约编辑：许姗姗　龚珏　王唯径
策　　划：读客图书
版　　权：读客图书
封面设计：读客图书　021-33608311
出版发行：海峡出版发行集团
　　　　　海峡书局
地　　址：福州市鼓楼区五一北路 110 号海鑫大厦 7 楼
邮　　编：350001
印　　刷：北京鹏润伟业印刷有限公司
开　　本：710mm × 1000mm 1/16
印　　张：13.75
字　　数：50 千字
版　　次：2014 年 4 月第 1 版
印　　次：2014 年 4 月第 1 次印刷
书　　号：ISBN 978-7-80691-840-1
定　　价：39.80 元